みどりとかのこ 今日も元気で！

脇谷みどり

鳳書院

ほんまもんの人生を
生きられるんやで
必ず幸せになれるんや！

みどりとかのこ　今日も元気で！

目次

Ⅲ　キセキの葉書

Ⅳ　かのこの不思議

エピローグ

装　幀／藤原光寿
（藤原デザイン事務所）
本文デザイン／安藤 聡
イラスト・写真提供／脇谷みどり
編集協力／西村宏子
編集ディレクション／朝川桂子

プロローグ

あの日から重ねた長い時間が
きらめきながら
一気に押し寄せてきて
私は感動と感謝の思いで
ただ両手を合わせる――。

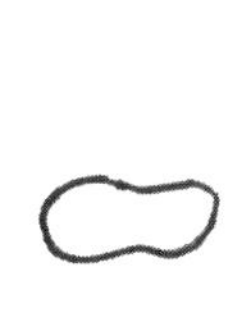

親元から関西へ

私の郷里は大分県佐伯市。日豊本線の佐伯駅からバスで山の中の曲がりくねった道をくねくねと四十分ほど走ると、目の前に太平洋が開ける、海の幸、山に幸に恵まれた小さな町だ。子どもの頃に住んでいた町営住宅は、目の前がすぐ海だったので、波の打ち寄せる音で眠りにつき、朝はその音で目を覚ました。

ごく最近、幼なじみから「ここにも、コンビニができたんよ!」と、報告があったほど、世の激しい流れから守られているような、のどかな土地柄だ。

私は高校から佐伯市内に出た。十六歳で親元を離れたわけだ。その後、関西の短期大学に合格したのだが、郵便局に勤めていた父の強いすすめで公務員試験も受けさせられ、そちらも合格してしまった。

　そこで父は、短大卒業後はすぐに帰省し、大分の郵便局で働くと信じて、私が関西に行くことを許したのだった。

　ところが、短大を卒業する頃には、〈そんなことを約束した覚えはない〉とばかりに、私は父の願う道を選ばなかった。若いということは、まだ見ぬ夢が心のほとんどを占めている。身

大分・佐伯市の実家からの景色

内の力のまったく及ばないところで生きたいと切望して、卒業後、選んだのは航空会社だった。

始まりは……

それは、とてもよく晴れていた日だったと思う。

仕事にもかなり慣れ、ランプ（ramp 飛行機の駐機エリア）で到着してくる飛行機を待っていた。曇りか雨なら、レインコートを着て、お客さまの人数だけ傘を準備して手渡すはずだったが、準備しなくてよかったから、晴れていたのだ。

私は、同年入社の同僚とランプに立っていた。私たちは航空会社に入社して一年。同じ二十歳。入社試験は一緒だったけれど、いくつかのグループに分かれて訓練を受けた。配属は、キャッシャーカウンターではなく、出発・到着ゲートだった。

仕事に慣れてきたとはいえ、間違えずにこなすことだけで精いっぱいだった。電光掲示板に到着便の点滅が始まると、もうすぐ飛行機が空港に着陸する合図。案内ゲートの横の階段からランプに降りて、到着スポットのお客さまを

全日空に入社した頃の私（前）。信心を教えてくれた同僚（後ろ）とともに

迎えるために駆けつける。雨風を防ぐ、飛行機に直接つながるボーディングブリッジは幹線だけだったから、バスか徒歩で出口まで誘導するのも、地上職員の仕事だった。

飛行機は活きのいい魚のようで私は大好きだった。とくに、ボーイング737が全速力で滑走をした後、「クイッ」と機首を上げる姿は、ほかのスマートな離陸をする機体よりも健気な気がして、仕事中、手を止めて見てしまうほど大好きだった。

到着便は着陸後、停止スポットまでゆっくりと移動してくる。待つのみ。その空白の時間に、隣に立っている彼女が唐突に言った。

「あの、人生の目的って、何ですか？」

〈え～、なになに？　この子は何を言い出すんやろう？〉

「言い換えます。何が好きですか？」

「好きなこと？　あぁ、書くことかな」

これは、すぐに答えられた。

活きのいいプロペラ機が近づいてくる。停止。機体の横っ腹からステップが降りてくる。その頃、ＹＳ11という国産機が飛んでいて、六十四名のお客さまを乗せていた。私たちは、お客さまを間違いなく出口に誘導する。あり得ないけれど、誘導を怠ると、とんでもない方向に行ってしまうお客さまもいる。

私たち地上職は、さまざまな仕事があった。その日によって組み合わせメンバーも担当場所も時間も違う。だから、「人生の目的」を聞いた彼女とは、毎日会うわけではない。けれど、その会話は記憶に残っていた。「人生の目的」なんて、二十歳の小娘はなかなか使わないし、言い出した彼女は、哲学的な言葉とは対極にいそうな、悩みのなさそうなオシャレな子だったから。

その後も、案内ゲートで一緒になることがあった。私は請われるまま、休憩時間に続きを話した。

——何の取り柄もなかった自分。体が弱く、小学生のときから学校になじめず、すべてが苦痛で、よく泣いていたこと。逃げ込んだ図書室が限られた安全地帯で、本が友だちだったこと。本を読むうちに書くことが得意になり、初めて褒められたこと。だから、書くことで自分を守ってきたこと——。

彼女がよく聞いてくれるので、調子に乗ってしまった。すると、「書いたものがあるなら、見せてもらえませんか?」と言うではないか。私の書いたものを見たいなんて、世の中に、そんな人は皆無だったので、私は完全に調子に乗った。そして、書き溜めた大学ノートをいそいそと彼女に渡した。人生を動かす運命の舵(かじ)が動き出すとは、露(つゆ)ほども知らずに。

傲慢と謙虚

彼女とさまざまな話をしながら、一年半ほど経(た)った。

大分県出身で、短大進学を機に関西に住むようになった私は、友人が増えるのはうれしかった。たわいもない話ではなく、深い話ができるなら、なおのことだった。

「あの大学ノートを見た女の子たちがね、これを書いた人に会いたいと言っているんですよ」

〈オー、本当に読んでくれたのだ。そりゃ、何としても行かないわけにはいくまい〉

私は大感動した。会いに行くに決まっている。同年代の女の子たちが待っていてくれた。そこで、会いたいと言っていた人たちが、創価学会員であることを知ることになる。つまり、私の書いたものに興味があったわけではないのだと、ひどくガッカリし、騙された気もした。それはそうだろう。知らない人が書いたものなど、普通は興味を持つわけがない。浮き立った心は平常心に戻っていった。

今はわかる。どんな方法を使っても、彼女は私に教えたいことがあったのだと。美味しい話で引きつけたわけではなかったのだと。

その中の一人が言った。

「この信心をしていけば、絶対に願いは叶いますよ」

そういうことを言われれば、不機嫌になっている私は、いかがわしいと思うわけで〈そんなところに「絶対」と言う言葉は使うべきではなかろう〉と胸の中でつぶやいた。

「書くことが好きな人はいらっしゃるんですか？　私に才能があるかどうかわかる人がいるのですか？」と問うと、書くことが好きな人など誰もいなかった。

〈ほら、ごらん、何の裏打ちもないじゃないか〉と、勝った気がした。

　その後も、彼女たちの言うことに一つずつ、「そんな理屈はわからな

20代の頃

い！」と抵抗し続けた私が、「では、皆さんの言っていることが本当かどうか試すために一年だけ（創価学会に）入会するということでもいいですか？」と条件付きで信心をすることになる。自分でも驚いた。

九〇パーセント疑いながらもやってみようと思ったのは、「才能だけでもダメ。チャンスだけでもダメ。その両方なければさらにダメだと思いますよ。だから、私はものを書くプロにはなれないと思っています」と言った私に返された、この言葉だった。

「きっとダメに違いないというあなたの考え方を、私たちは傲慢と言います」

私は極力、謙遜して自分を低く評価したつもりだった。

「えっ！　私が傲慢？　私はすごく謙虚にお話ししたつもりですが……。では、皆さんの言う謙虚とはどういうことを言うのですか？」

「私たちは、自分の力を信じて、不可能に挑戦し続けます。諦めという傲慢と戦って、努力し、進み続けることを謙虚と言います」

両肩を突き飛ばされた気分だった。同年代の女の子の間では出てこないワードが、そこにはあった。まるで違う価値観。上っ面の言葉で装った謙虚さなんか、バーンと吹き飛ばされた。カルチャーショック。

〈ワーオ！　すごいな〉と思った。だから、もう少し知りたいと思った。

そして、賢ぶっていた私は、さんざん疑っているくせに、そんな幸運があるはずがないと言い切ったくせに、あわよくば彼女たちが言う「絶対」の幸福が私にも起きて、チャンスが来ればいいと思ったのだった。

嵐の準備

「試しにやってみる」と言った約束の一年が経った。

学会員になったら、思いもよらない困ったことが起こるのではないかと恐れたが、何も起こらなかった。束縛されるのは嫌だと考えていたが、束縛もなかった。そして、「幸せになれる」と言われたが、「ラッキー」と思えることもなかった気がした。

「一年経ったけれど、どうしますか?」と問われ、少し考えたけれど、

「すごく熱心に活動したわけではないのだから結果もないだろう。それなら、もう少しやめないでいるほうを選ぶ」と答えた。

入会のとき、さしたる深い悩みがなかったので、悩みを解決するために祈り続ける、覚悟の人とは大きな違いがあったのだと思う。

その中でも変化はあった。結婚をした。

相手は創価学会員だった。これで私は生涯、信心をしていくことになるのだ。このことをいちばん喜び、安心したのは、私に信心を教えた彼女だったかも知れない。いつ、「信心、やめます！」と言い出すかわからない、信心の確信などまったくない私だったから。

夫となった人は岡山大学に勤

正嗣　生後３カ月の頃

めていたので、私は航空会社を退職した。研究職の夫との生活は、それまでのバタバタと変化のあるにぎやかな世界とは反対で、変化のない落ち着いたものだったけれど、穏やかで幸せだった。

二年目に長男に恵まれた。

あれほど切望した「物を書く人になりたい」という夢は、〈自分に才能がないから、平凡な生活に導かれた〉と勝手に決めて、納得し始めていた。

エネルギーは小さくても、確信はなくても、いったん御本尊様の前で誓ったことは、人生の時間の中で着々と準備されていることを、後に知ることになった。

ギフテッド

自閉症などの障がいを持ちながら
特筆した才能を持つ人を
〝大いなるものから
プレゼントされた才能を持つ〟
という意味で「ギフテッド」と呼ぶ。

かのこの誕生

結婚後、生まれた第二子は、ギフテッドだった。優れた才能があったわけではないが、私の人生最大のギフトだ。

第一子は男の子で、通常発達した。それが当たり前だと思っていた。

二年後、再び子どもを授かるが、妊娠五カ月になっても胎動が少ない。それが不思議だったが、検診では異常はなく、〈まあ、こんなものだろう〉と経産婦（妊娠・出産経験のある女性）の余裕があった。

二歳になった長男を連れて、お産のため、実家に帰る。

十二月。実家で飼っているウサギが子どもを産んだ。覗いてみると、親ウサギが毛を抜いて作ったフカフカの毛玉の中で、丸裸の赤ん坊たちが寝ていた。ところが、その中の一羽だけ、綿毛のクッションから這い出して、寒さの中で冷たくなっていた。親も助けなかったものかと不思議だったが、家人は出産間近の私に気を使い、南天の下に埋めた。

ふと、〈自分のお腹の中の子どもが健常児とは違うのではないか〉という思いが湧きあがり、打ち消したことを思い出す。〈医師は「問題ない」と言っていたじゃないか〉と、自分に言い聞かせた。

予定日を過ぎても生まれないので、陣痛促進剤を使って産んだ。娘は新しい世界に生まれ出たが、産声が聞こえない。

「えっ、息してますか？」

「大丈夫ですよ」

〈そういう子もいるんだ〉と、ホッとする。二回目の出産なので、すぐに見に来る人もなく、眠る娘とゆっくりと過ごした。よく寝る子だった。一晩中泣き続けた上の子とはすべて違っていた。〈女の子だから静かなんだろう〉と思った。

二日目。初めての授乳で、娘はおっぱいをうまく吸えなかった。吸わせようとすると、身体中を曲げて嘔吐しようとする。何度やっても同じだった。さすがに異常を感じ、小さな体を抱いてナースステーションに行き、様子を伝えると、看護師さんが娘を受け取って奥に行った。しばらくして戻って来たが、「羊水を飲んでいたのでしょう」というドクターの見解が伝えられた。

名前は、私が高校生のときに、「将来、女の子を産んだら、この名前にしよう」と決めていた「かのこ」にした。

退院して実家に帰る。

娘は、いったん眠ると五時間過ぎても起きない。楽ではあるが、第一子が二時間で泣き叫んでいたのに……女の子は育てやすいというのはこういうことなのだろうか。沐浴は、さらに変わっていた。異常に怖がり、泣き叫ぶ。授乳も違っていた。うまく吸えないのだ。力がない。誕生のときに、「異常なし」と言われたことにしがみつき、〈もうしばらくしたら、長男と同じになる〉と信じ込もうとした。

誕生から一カ月。自宅に帰る。

生後二カ月。目の異常に気がつく。元気にバタバタと動いてはいるが、ずっと上を見ている。動くものを追視しない。

〈この子は目が見えないのではないか〉

初めて動悸がした。

〈障がい児を産んだのだ。そんなはずはないのに、障がいのある子ども

を産んだのだ〉

二カ月の子を抱いて、総合病院の眼科に行った。目には異常が見られず、受診を促された脳神経外科で結果が告げられた。

「目が悪いのではなく、目の神経に障がいがあります。ＣＴ画像で見ると脳が萎縮しています。これではかなりの障がいがあると思われます。薬はないので、すぐリハビリを開始されたほうがいいと思います」

「……」

かのこを抱く私のそばに看護師さんたちがやってきて、私の肩をさすって言う。

「お母さん、ちゃんと家まで帰れる？　変なことを考えないでね」

看護師さんの言葉で、事の重大さを感じていた。

政子さんとの出会い

私がその人と出会ったのは、二十八歳のときだった。

その日の午前中に総合病院で生後二カ月の娘が「重度脳性まひ」であることを告げられ、家にたどり着くと、我慢していた涙があふれた。かのこは、目だけではなく、身体中が自由に動かせない。耳も聞こえているかわからない。知的障がいもかなりあるだろうと言われた言葉が私を打ちのめした。

泣いた。

泣いた。

泣いた。

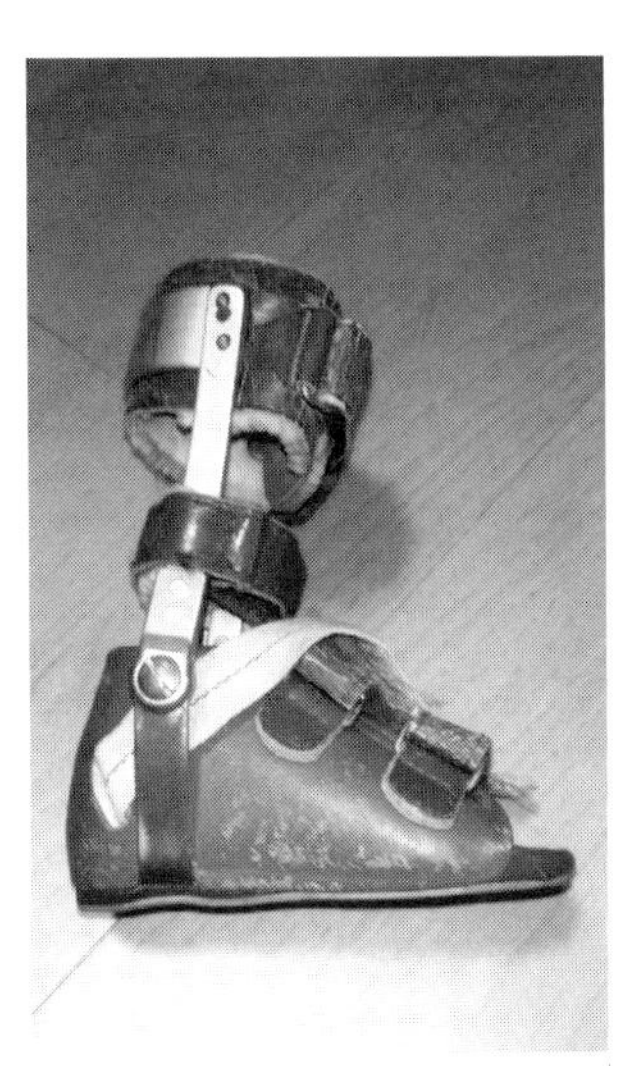
ファーストシューズは、13cmの装具

〈これだけの重複障がい児を育てられない〉と思った。

持ちきれない悲しみは怒りに変わる。誰かのせいにしたい。

〈そうだ、創価学会に入会したあのとき、「絶対に幸せになれる！」と皆に言われたのだ。今の、この不幸はどうだ！　説明をしてもらわなければいけない〉と思った。

住んでいた街の信心の先輩の顔が浮かぶ。

政子さん。筋ジストロフィーの息子さんを育てた人で、今よりはるかに福祉も医療も充実していなかった時代に、息子さんのために考えられることをすべてやり抜いてきた人だった。私は、弾かれたように立ち上がり、かのこを抱いて、長男の手を引き、政子さんの家に向かって、走るように歩いた。

政子さんは、泣きじゃくる私を招き入れ、お茶を入れ、話を聞いてくれた。

「何を泣くことがあるんや。おめでとう！　あんた、よかったなぁ。これで、ほんまもんの人生を生きられるんやで。よかった、よかった。必ず幸せになれるんや！」

政子さんは、満面の笑みを浮かべて言う。私は、涙はもう乾いたはずなのに、また泣き続けた。さまざまに励ましてくれた後、政子さんは言った。

「どや、頑張れるか？」

答えは一つしかない。

「はい」

その日から、私の「ほんまもんの人生」が始まった。けれども、日々の訓練はオリンピックのトレーニングに勝るとも劣らないものだった。

魔法の言葉

背中の娘を、ググッと背負い直して、政子さんの家の門扉に立つ。

「おはようございます。うちの子、治るどころか、また一つ、障がいの名前が増えたんです。頑張っているんですけど……」

インターホン越しに話す。聞いているらしいが返事はない。

ここに来るのは、何回目だろう。もう数えきれない。

返事の代わりに出てきた政子さんは、バッグを片手に、「あ、悪いな。のいて、のいて。ほら、私、今から出掛けなあかんねん」

「あの……。どうしたらいいのかわからなくなって……」

「あんな、だからな、そうゆうあんたが変わるのが先やで。あんたが変わらな、な～んにも変われへんねんで、何回も言うとるやろ！」

「そんな訳のわからんこと言わないでください。私が変わることと、かのこにどんな関係が……」

それ以上、言えない。冷たい言葉に、涙がこぼれそうになるのを我慢する。泣けばもっと怒られるから。まるで幼子だ。

私は政子さんの言葉で、魔法をかけられたように絶望の淵から脱出し、〈頑張ろう。希望に向かって〉と、舵を切ることができたのだ。あの日から勇気百倍で滑り出したものの、頑張っても結果は何一つ出ない。かのこはどんどん悪くなっていくありさまだった。

〈幸せになれると言ったのは政子さんなのだから、なれないのは政子さんのせいだ〉とさえ思い始めるわけだが、その日は私を奮い立たせる政子さんの「魔法の言葉」は、なかった……。

心底ガッカリして、暗い気持ちのまま、わが家への道をただノタノタ歩くのだった。

　歩きながら、政子さんの亡くなった筋ジストロフィーの息子さんの話を思い出していた。

「一生懸命働いてな、あの子に家庭教師つけたってん、学校行かれへんさかいな」

　病弱児の院内学級などなかっただろうから、入院してしまえば、教育を受けるのが困難となる。しかし、根治が難しい病。その狭間で選んだ自宅での介護。どれほどの涙を流したことか、想像がつく。

　息子さんが亡くなる日の話。

「朝から、息苦しそうでな。『ジュース飲むか？』て聞いたんや。『飲む』言うから飲ませて、それでその後、心臓がだんだん止まっていくのがわかるんや。シャツの上からわかるんや。びっくりして名前呼んだら、

『お父ちゃん、お母ちゃん、しっかり題目あげや！　頑張りや！』言うて、私に抱かれて息が止まったんや」

その話をするたびに、政子さんの目から大粒の涙があふれる。

私は最初、悲しくて泣いているのだと思っていたが、だんだん、そうではないことに気がついてくる。

政子さんが話の最後に言う「私はな、あの子に育ててもろたんや」との言葉は、息子の短命を悲しむ慟哭ではなく、息子への限りない感謝であり、ともにあった日々への愛おしさなのだ。胸が詰まり、今、その場にいるような臨場感。

「あんたが変わらな、何も変わらんのや」という政子さんの言葉の重大な意味がわかるのは、まだ、ずっと後のことだが、息子との別れの崇高な光景に圧倒され、時に冷たいと思える政子さんを、私はひたすら慕い、信じ、尊敬したのだった。

優しさと、強さと、厳しさと

「ことごとく」という言葉が当たっていて、私がそれまでの人生で、〈こうだ！〉と決めてきたことは、政子さんの前ではことごとく音を立てて壊れていく。後で気がつくが、私が大切にしていたことは、大抵は何の益にもならない見栄とか、小さなプライドとかで、実に価値のないことが多かった。自分の中が空っぽになっていくことは不安なことではなく、新しい考えを入れる空間ができることなのだとわかってきた。

「ほんまに口ばっかし達者で、あんたは『はい』て言われへんのか？」

と叱咤されることも、実に当たっているなと思えたし、次第に受け入れられるようになっていく。

政子さんに出会って変わったこと。

一つ目は、苦しいことの基準が変わった。かのこの訓練の成果が出ないことを訴えても、政子さんは、「そうか……」と相槌を打つだけだった。期待した共感はなく、そうすると、言っている私も、それほど大変なことではない気分になった。

考えてみれば、リハビリの専門家でもない政子さんにアドバイスできるはずもなく、「何をぐずぐず言っているんだ」という態度は、私が差し出す依存の手を振り払ってくれ、しっかり一人で立つようにと育ててくれたのだと思う。

二つ目は、価値観の違い。悪戦苦闘の中で、苦しさから逃げるように文章を書き、応募して月刊誌に載る。暗闇の中のひとすじの光のような気がして喜び勇んで見せるのに、ちらりと見ただけで、褒めてはくれない。〈だから何なのだ〉と言わんばかりに、興味なし。

しばらくすると大きな紙箱を抱えて出てくる。箱の中は、青い花柄の湯呑みと急須のセット。

「これでな、お茶入れてな、夫婦でゆっくり話でもしいっ」と言うのだ。

私は考える。

〈これは、「こんな文章を書いている暇があったら、家族を大事にしなさい」と言っているんだな〉と。

ありがたく頂戴しながら、〈もう二度とこの類の話はしないでおこう〉と固く誓った。人には、それぞれ価値観の違いがあるのは当然だ。

三つ目は、「その自信はどこから来るの？」と思うような断定的なしゃべり方。こちらが質問しているのだから、政子さんが答えるのは当たり前だけれど、気持ちいいほど「それ、まちごうとる」「それでいいねん」と言う。あの頃の私は、心がいかにも弱々しく、そういうストレートな答えが必要だったのだろう。

さらに、びっくりするほどの行動力。

「私が一緒に行ったるわ。今から行こか」

「今からですか？」

大分生まれの、偽物（にせもの）の関西人の私は、早口の関西弁に押し倒（たお）されるように従（したが）ったものだった。政子さんは、車の運転も上手（じょうず）だけれど、すごい勢いで走るから、曲がるときには直角に曲がるように感じて、シートに押しつけられ、いつも笑い転（ころ）げた。

人を慕う理由はさまざまあるだろうが、私は、誰にも見えないところで差し伸べる政子さんの優（やさ）しさが、いちばん好きなところだった。

最初に彼女の家を訪ね、かのこの脳性まひのことを相談した翌日、政子さんは朝早く突然、わが家に現れた。

「えっ、どうされたんですか?」

「あんたが、昨日ひどう泣いてたから心配になってな」と笑い、「ちょっと気になって、知ってる人にあんたの家、聞いて来てん」と言う。そういう人だった。

あれからずっと、心配してくれていたのだ。

〈私は、政子さんの横を通り過ぎていく、通りすがりの一人ではなかったんだ〉とうれしく、〈私も、その真心に振り向きたい。勢いのあるこの人の後ろから、負けないでついていけるようになりたい〉と思った。

それから、山、坂どころか絶壁、泥沼の日々が始まった。負けそうになるたびに、「ほんまもんの人生」「幸せになれる」という言葉が、人生を放棄する瞬間から私を守り続けてくれた。

いまだに、「どうして？」と残念に思うことがある。

政子さんが、どんな食べ物が好きで、どんなことがうれしくて、どんなことが望みなのか、聞いたことがないのだ。大きな家に住んで、工場経営をしていて、外見は普通のおばちゃん。

たぶん、私の心に余裕がなかったことと、政子さんより三十歳ほど若かったことで、政子さんにとって、どうでもいい世間話をすることが悪いような気がしていたのだと思う。聞けばよかった。年齢差など、いつまで経っても縮まらないのだから——。そうすれば、もっと政子さんを知ることができたのに。その頃の私は、自分を知ってもらうことしか考えていなかった。「私を理解して！」と叫ぶだけの、子どものようなわがままな私だった。そんな私を見捨てず、よくぞ忍耐強く育ててくれたものだ。

あるとき、私が思慮深さを欠いて発した言葉で、人の和を決定的に壊したことがあった。「自分が正しい」と頑なに謝らない私の代わりに、政子さんが謝ってくれた。

「この子はな、あんたたちにきついこと言うてるみたいやけど、実は違うねん。ほんまは自分に向かって言うてんねん。勘弁したってな。なかなか、かのこちゃんが治れへんから、自分に怒って、弱い自分にはっぱかけてんねん。この子、一生懸命やねん。ごめんやで、許したってな」

そう言いながら、頭を下げてくれた。あのとき、横にいた私は、恥ずかしさと申し訳なさで動けなかった。自分が正しいかどうかはもう、どうでもよかった。後で叱られると思ったけれど、政子さんは何も言わなかった。

あのとき、「ありがとうございます」と言ったのだろうか。心の中をすべて見抜いた図星の言葉に、震えていた記憶があるだけなのだ。

さまざまな未熟さを実感して、私は、〈不甲斐ない自分を脱ぎ捨てて、変わりたい！〉と強く思い始めていた。政子さんも「あんたが変わらなあかん」と、繰り返し言っていたから。

どうしたらいいのかはわからないけれど、それが私の命題になった。そして、本当に変わるスタートラインに立つまで、ここから二年もかかったのだ。

赤いランドセル

「足を引きずるぐらいの後遺症は残ったとしても、小学校入学のときは、必ず赤いランドセルをおんぶさせよう」

これが私の目標だった。でも、成長しても首さえ座らない。立つことなど期待できず、歩くなど、夢のまた夢なのだと思い知らされた。通常の発達をした子どもとの距離はどんどん開いていった。

リハビリは週三回。生後二カ月から続けていて、就学前施設にも通った。すべて、何の効果もないどころか、二歳からひきつけの発作が頻発し始め、それまでできていた寝返りすらできなくなったのだ。頭の中で起きる発作のため、起きている間はずっと泣き続け、疲れ果てて眠る。一時間もすると目覚め、再び泣き始める。それを、二十四時間繰り返すのだから、昼も夜もなく、私もパジャマを着ることはなかった。

さらに、手足をバタバタと激しく動かす、本人の意思とは関係ない不随意運動が始まった。脳の運動野を支配され、食べられず、排泄もできず、意思に反して動き続ける。くたくたになってもなお、動き続けなければならない。初めは二十分ぐらいだった発作は止まらなくなり、何日も続くと、顔も体もパンパ

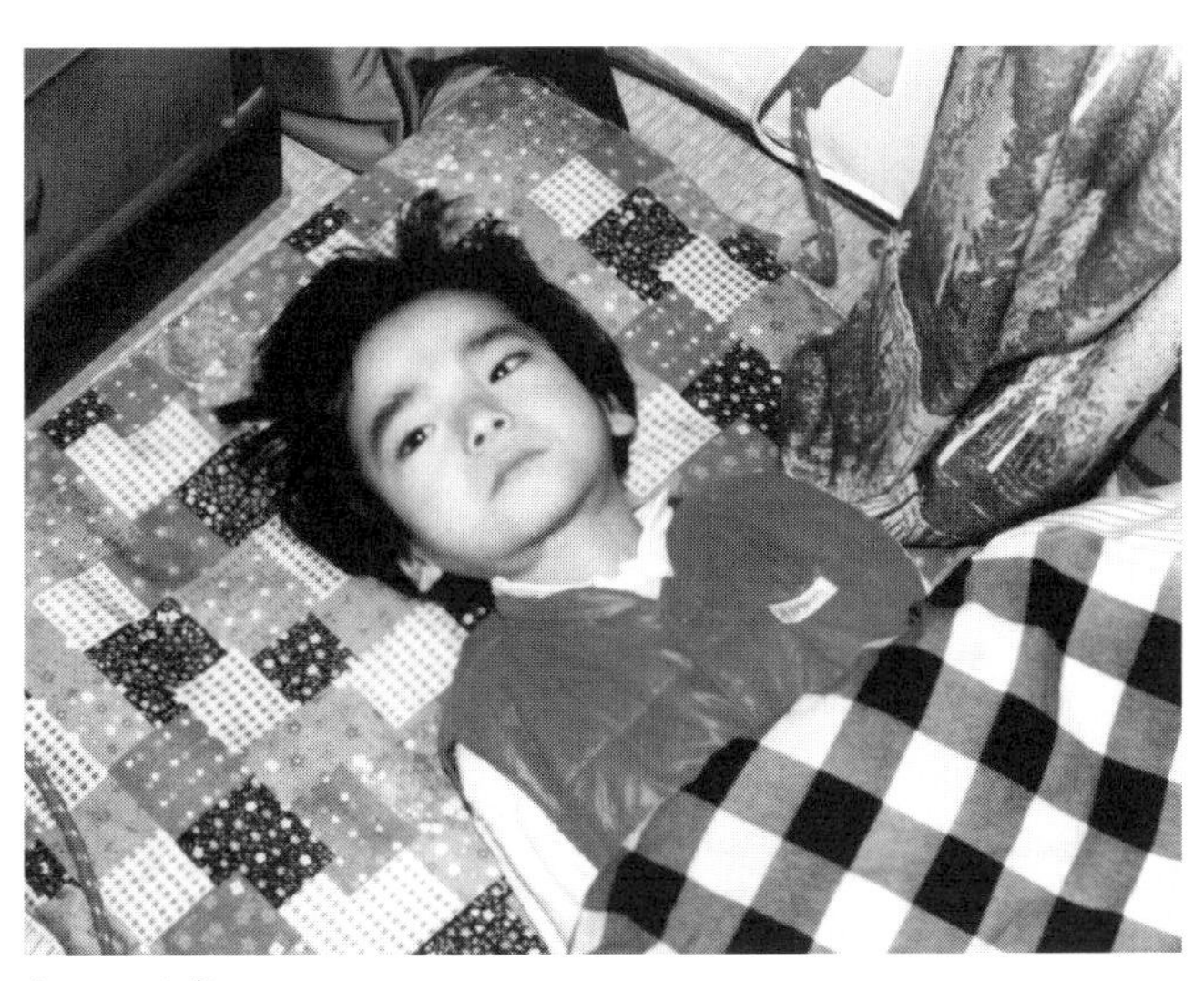

かのこ　4歳

ンに腫れた。こんなひどい症例は抑える薬がなく、そのたびに短期入院しか道がなかった。

止まらない不随意運動を落ち着かせるために、セルシンという薬を注射するのだが、「お母さん、しばらく見といてね、呼吸が止まるかもしれないから」と言うドクターの言葉に、それがいかに強い薬かを知った。

発作を続ける娘を腕に抱いて、「可哀想に、可哀想に。もういいです、もういい。この子は充分苦しみました。こんなに生きることが苦しいなら、今すぐ、この子の心臓を止めてやってください」と祈ったのも、この頃だった。

ところが、私の弱さを笑い飛ばすように、かのこは、この地獄の日々をものすごい生命力で生き抜いていったのだ。

本当に、よく生きてくれたと思う。

　そして、五歳。目標の小学校入学まで、あと一年。焦り、敗北感、諦め……。それとは裏腹の諦めない意地、逃避願望、突きつけられる目の前の現状。そんな相反するものが、目まぐるしく心の中を駆け巡る日々。

　政子さんに初めて会った日、〈頑張ればすべてはよくなる〉と、希望を取り戻し、頑張り続けてきたのに、何が足りないのか。

　政子さんが言った、「あんたが変

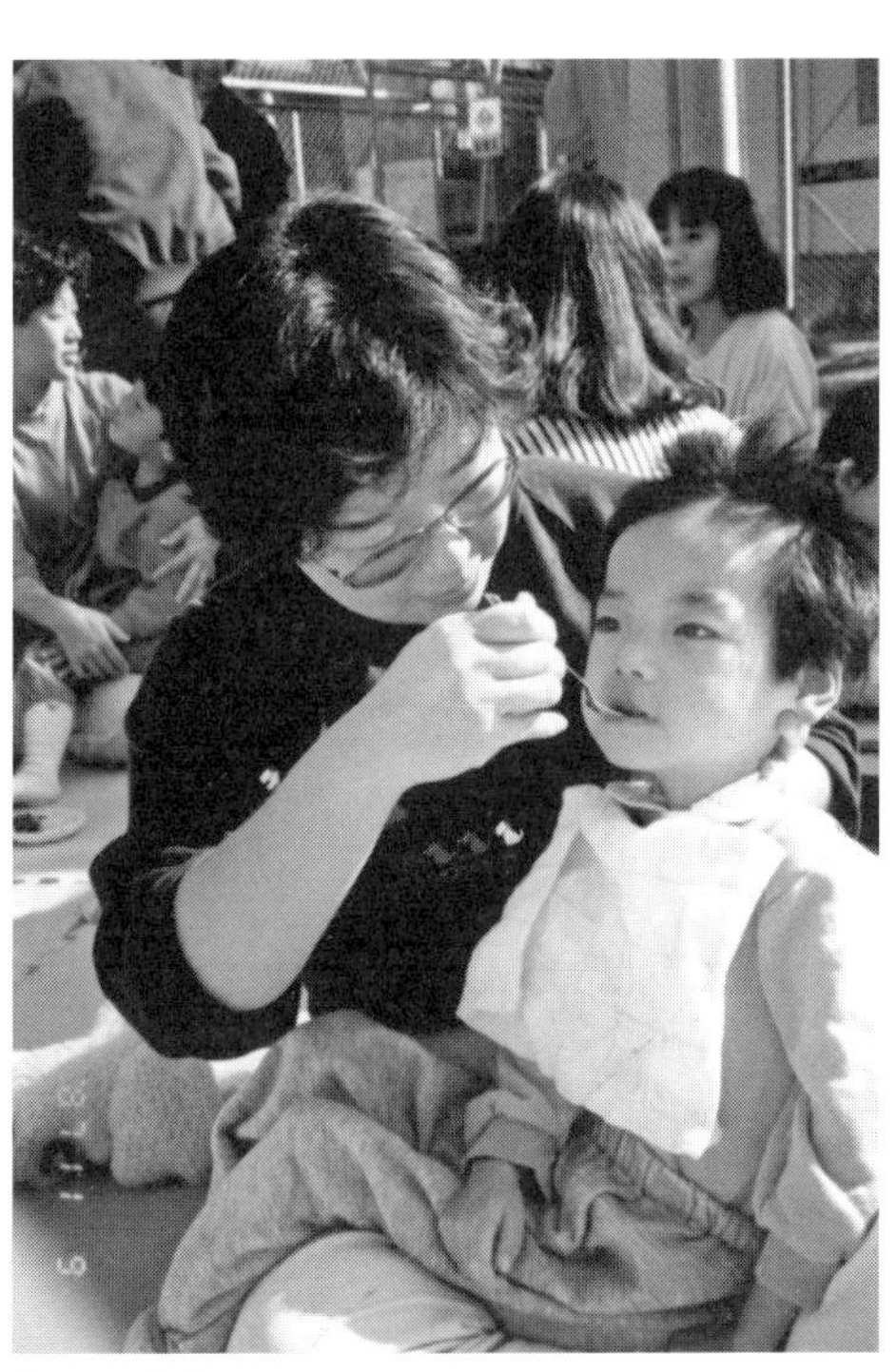

かのこ　5歳

われば、すべてが変わる」は、私の目標となり、努力して少しは変わったと思っていたけれど、政子さんの言う「変わる」とは何なのか。どうしたらそれがわかるのか、ことあるごとに考え続けた。

一念が変わった日

それは突然にやってきた。

その頃、かのこはひどい発作を止めるため、月に一度、京都のてんかん専門病院に通っていた。処方された抗痙攣剤(こうけいれんざい)は効(き)かず、特別な治療待ちの状態だった。

自宅のある堺(さかい)から京都までは、私と娘にとっては大旅行。街のさまざまな生活音に驚(おどろ)き、泣き叫び、眠り、発作でまた泣きじゃくる。そんな子をおんぶして行くのだから覚悟が要る。

朝の通勤時間の南海線、そして、ＪＲ京都線。泣き出せば、収まるまで電車をいったん降り、また乗車を繰り返す旅。「なぜ、バギーに乗せないのか？」とよく聞かれたが、不随意運動がひどいので、落ち着かせるために、ぎゅーっと私の背中に縛りつけているのがいちばんだった。

その日は、月に一度の診察日。朝六時、明け方に大阪・堺を出発する。季節は春。たくさん着こまないでいい分、荷物が少なく気が楽だ。バスのドアが開く「ピー」という音に、〈泣かないでくれ〉と祈る思いでステップを踏んで、さぁ、戦いの始まり。いつもと変わらぬ四月のこの日が、私の人生のいちばん大切な日になるとは知りもせず、バスは駅へと走り出した。

その日は、かのこが泣かないでいてくれたので、とても助かった。大阪・梅田からJR京都線に乗り継ぐと、また緊張。幸い、電車はどんどん進んでいき、通勤客で電車はいっぱいになった。私は、ドアの前で差し込んでくる朝の光を浴びて立っていた。

電車がJR山崎駅で停車したとき、ガラス越しに目に飛び込んできたのは田んぼの緑の絨毯。季節の移ろいなど何年も気に留めなかった私がハッとするほど、鮮やかで温かい光景だった。

「ほら、かのこちゃん、お外見てごらん、春だねえ」

囁くように、視力も理解力もないはずの背中の娘に言ったとき、田んぼの中の細い道を赤い乗用車が走っていった。

「あっ、赤いブーブーも走っていくね。あの車の中には……幸せな家族が乗っているんやろね。お母さんもね、あんたが生まれてくるまでは、あんなふうに幸せだったのよ」

電車は動き出し、私は自分の声を自分で聞いた。その瞬間、私は、自分がものすごく不幸だと思っているのだということを再確認したのだ。

　昼間は明るく装い、さまざまなことを笑顔で乗り切っていたけれども、夜になると、すべての努力が何一つ報われないことが悔しくて、家族に聞こえないように泣いた。健康な子どもが外で遊んでいる姿をカーテンの隙間から覗いて、激しく嫉妬した。こんなにリハビリしても歩けないかのこが嫌だった。あまりに発作がひどいと、〈心臓を止めてやってくれ〉と願った。人生のすべてを奪っていくようなかのこに怒り、〈私を滅ぼす気なのだろう〉と怯えていた。

　私の心のいちばん深い奥底は、ドクターから宣告された日の絶望から何一つ変わっていなかったのだ。心の底には、黒々とした不幸感だけが満ちていた。

「あっ！」

思わず、声が出た。

「そうか！　そうか！　政子さんが『変わらなあかん』と言い続けたのは、私自身も気がついてなかった、誰にも見えない心の奥深くを変えなければダメだと言っていたんだ。表面じゃないんだ」

胸が激しく鳴った。

「私、わかったかもしれん！　このことかもしれん！」

絡(から)まった糸がゆるゆると解(と)けていき、私は目的の駅まで、何度も、何度も、何度も、そのことを反芻(はんすう)していた。

私は、どうにもならないことから一刻(いっこく)も早く逃げたかったのだ。叶(かな)わないなら、何もなかったことにしたかったのだ。それは、娘の回復のために五年間、頑張りに頑張りを重(かさ)ねた末の本音(ほんね)だった。

山崎の駅で、その見えなかった自分の気持ちに、やっと気づいて、体の奥底に沈み、淀んでいる心を変えると決めたのだった。最初に浮かんだのが、このいちばん逃げたかった現実だった。もう、逃げない。私は、現実と戦う人になる。高らかな進軍の合図はやっと鳴ったのだ。

かのこが私の子であることは間違いなく、いなかったことにはできない。彼女を苦しめる発作は何としても止めよう。初めて、「寝たきりの何が悪いのよ！」と思えた。「生涯、寝たきりであっても、それがなんだ。世界一幸せになればいいじゃないか。それは、標準的な幸せでなくてもいいんだ。娘にとっての幸せを求めよう」と思えたのだ。あれほど、「歩く」ことに執着してきたのに、今はもう、それはなく、ふわりとすべてに優しい気持ちへと変化していた。

誰も犠牲にならない

今日まで、家族みんながすべてを犠牲にして、「かのこが歩く、その日まで耐えていくんだ」と思い詰めていたことさえ、笑えてきたのだ。そんな鬼気迫る問題ではないのに――。誰も犠牲にならず、生きていくために、嘆きや怒りの凄まじい力を、不可能を開く力に変えることにしようと思えたのだ。

「かのこは家族を苦しめたいわけではない。自分が不幸の原因だなんて、いちばん可哀想じゃないか。よし！　前だけ向いて進むぞ」

こう決めた途端、現実が動き始めた。担当の若いドクターが海外で、かのこの発作をコントロールできる薬を見つけてくれたのだ。

「お母さん、必ず有効な薬を見つけてくるので、一年、生き延びさせておいてね」と言ってフィンランドに学びに行ったドクターが見つけてきたのは、パーキンソン病の治療にも使われているドーパミンを増強する薬。

「似た症状の子どもの五〇パーセントに効いているからやりましょう」

　これで、ひどい不随意運動が抑えられるのではないかとのことだった。量の調整を繰り返しながら投薬を続けていくと、毎

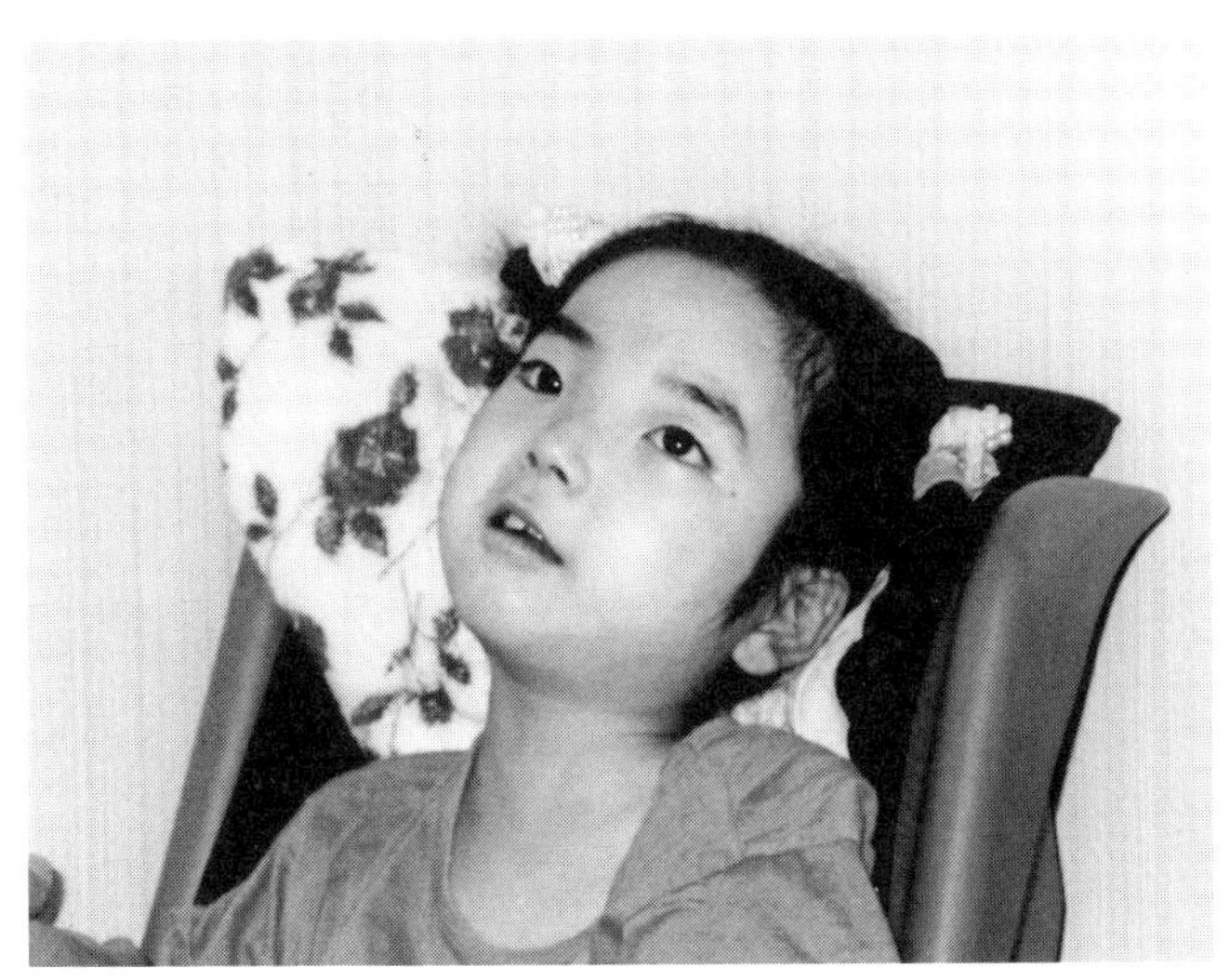

かのこ　6歳

月の駆け込み入院が二カ月に一度、三カ月に一度……と軽快していったのだ。かのこが生まれてから六年が経っていた。

かのこが支援学校の二年生になる頃、私たち家族は、夫の仕事の都合で堺から転居した。不随意運動はだいぶ落ち着いたものの、転居後も、かのこは誤嚥性肺炎を繰り返すなど、過酷さは変わらなかったが、私はたくましくなった。

政子さんとは遠く離れたが、いつもともに歩いているように感じられ、ときどき電話で近況を知らせた。以前と同じく、褒めてくれることはなかったが、声を聞くと安心した。

きょうだい児の葛藤

僕は　三歳で泣くのをやめた。
泣いてもお母さんは
病院から帰ってはこない。

（脇谷正嗣）

何でも一人でできる子に

かのこは、病との戦いで可哀想だった。だけど、それと同じ分量、可哀想だったのは、二歳上の兄・正嗣だった。

障がい児は、病院でも状態把握が難しい。通常発達でないため、今の状態がよいのか、悪いのか、親しかわからない。つまり、入院治療には付き添いが必須となるわけだ。

長い入院の間、正嗣は、昼間は保育園、夜は父親と過ごすことになる。病院からかけた電話口で耳にした心細げな声。

「お母さん、あといくつ寝たら帰ってくるの？」「お風呂に入ったあとね、シャツがなかったから、寒くてこたつにもぐってたの」「もう、毎日お弁当を食べるの、飽きたよ。パンも嫌だ」「頑張る……。うん、泣かないよ」

〈あぁ、寂しいのだろう。いますぐ帰って、抱きしめてあげたい〉と焼けつく思い。看護師さんに隠れて、かのこが寝ている間に病院を抜け出す。食べ物を買って、タクシーで家に向かう。

「帰ったよ」

ドアを開けると、笑顔で走って抱きついてくる正嗣。もう、涙しかない。

「また、病院に行かなきゃいけないの。ごめんね」

あれは本当に、今、思い出しても切ない。

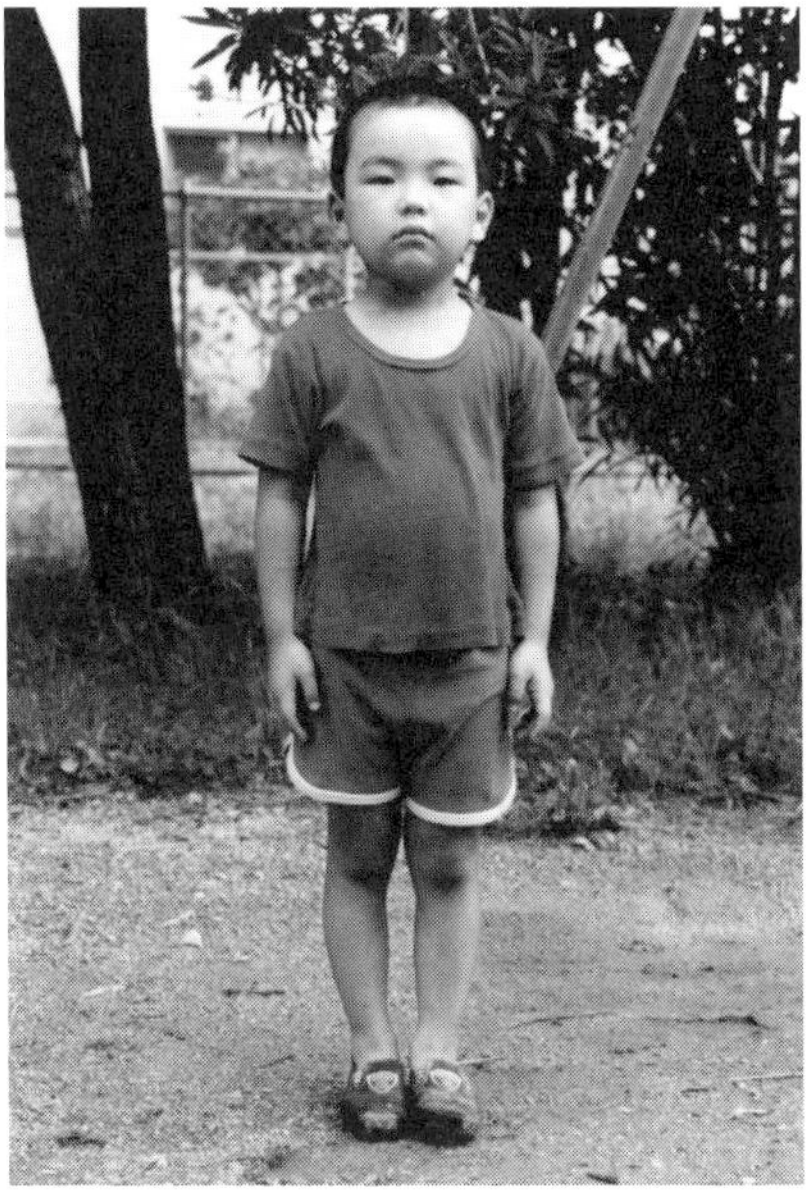

正嗣　３歳

〈どんな苦労でもやり抜きますから、私に体を二つください〉と祈った。追い詰められると怒りはあらぬ方向に向く。子育てに疎く、息子に優しい言葉一つかけない夫にまで、怒りが込み上げてくる。

祈りの中で必ず解決できる。本当に、そうだろうか?

――時間はかかったが、この問題も解決した。見事な、思いもかけない道筋で。

入院は何度もあった。苦悩を訴える私に、先輩が言った言葉でわずかに考えが変わる。結果などわからなかったけれど、うずくまった心が動き出した。それは、当たり前の一言。

「どんどん小さくはならないからね。今は可哀想だけど、子どもはどんどん大きくなるから」

そのとおりだと思った。それなら、自分でやれる子にすればいい。母がいなくても、自分でやれる子。それを、不幸と思わず、自慢とする子に――。

すぐにチャンスはやってきた。夏が来るとアニメの映画が上映される。正嗣が待ちかねているイベント。早速、提案してみた。

「お母さんは行けないの。来年、本になるのを待つ？　ビデオになるのを待つ？　それとも、一人で映画館に行く？」

「行く！　一人で行く！」

〝見たい〟という気持ちが先だっての返事なのだけれど、一人で行かせることにした。

五歳の夏のことだった。バスに乗って、前に行ったことのある映画館に入り、映画を見て帰ってくる。迷子になったら誰かに見せられるようにひらがなで書いたカードを、単語カードよろしく持たせた。リュックを背負って、いざ出発！

　三時間ほどして、彼は帰ってきた。帰りにバスを降りる停留所を間違えながらも帰ってきた。心配で、心配で、後ろからついていこうかとも思ったが、帰ってきた正嗣を抱きしめ、心から褒めた。

「えらいぞ！　えらいぞ！　ものすごくえらいぞ!!」

（今は社会状況が異なるので、同じことはやれないだろうが……）

　夕食の準備をする私の後ろにくっついてきて、大きな声で映画のあらすじを話してくれる正嗣は、誇らしげで自信にあふれていた。母がいなくても自分でできる経験は、彼のその後の人生を大きく開いていった。ずいぶん早く、自立を促さなければならなかったが、困り果てた結果、開けた道だった。

　小学校時代には、大好きな歴史の場所を求め、おにぎりを持って出かけていく少年になった。「食べるものがない」と泣いていた少年は、妹の入院時には自分で料理をし、父にも食べてもらえるようになった。「正嗣の作るチャーハンは、なかなか美味しい」と夫は言った。

かのこは物じゃないんやで！

かのこが十歳になった頃、私の疲労はピークに達していた。肺炎入院が加わり、二時間おきに二十四時間続く吸引や酸素管理。学校での医療行為は許されていなかったので、支援学校にも一緒に登校し、夕方まで付き添わなければならなかった。

〈もう限界だ〉と判断した。このままでは、私が倒れる。

「あのね、かのこちゃん、施設に預けようと思うの。もう、お母さん疲れすぎて、世話ができないのよ」

聞いていた小学校六年生の息子が立ち上がって、言葉を打ち返すように言った。

「施設って、かのこが可哀想やないか！　誰も知らんところに一人で行くんやで！　もういい、もういい。お母さんができんのやったら、僕が学校におんぶしていくから」

驚いた。

「あのな、かのこは物じゃないんやで。なんも言わんけど、わかっとんねん。そんな、可哀想やないか！」

彼の凄まじい怒りに圧倒された。

「ごめん、ごめん。お母さんが悪かった。ごめんね。まあちゃんの言うとおりやね。よう考えたら、お母さん、まだ頑張れるわ」

不思議なことに、溜まりに溜まった疲れが、その瞬間に消えた。

幼い息子が全力で叫んだ言葉の力は、諦めそうになるたびに、私の胸に響き続けている。

無冠の作家

やがて夫も、落ち着かない家庭環境の中を耐え抜いて、研究者として認められるようになった。正嗣は本人の希望どおり、関西創価小学校に通っていた。そして、私も、創価学会に入会したとき、「物書きになりたい」と言っていたことを思い出したのだ。

かのこが生まれてから、ほとんど忘れていた「書くこと」を、また始めた。介護はさらに熾烈になっていったが、私はあの日、ＪＲ京都線の山崎駅を走る電車の中で決めたのだ。皆で輝くと——。

独身の頃から書いていた文章を見直すと、いかにも説得力のない、筋書きだけのものに感じた。生きるとはこんな甘いものではなかった。改めて、市の図書館でたくさんの童話を借りてきて、読み直した。私の書くものとは、圧倒的な力の差があった。

さて、と取りかかったが、座って書く時間などまるでない。苦肉の策で、アイデアが浮かぶとメモ書きにして冷蔵庫に貼り付け、まとめて作品を仕上げた。

次に、それを批評してくれる人がほしかった。そこで、正嗣の友だちを呼び集めて、作品を読み聞かせた。

「しょうもない話やな」

「こうなったら、おもろいんやで！」

小さな読者は手厳しい。指南までしてくれる。私は、子どもたちがどう展開したら喜ぶかを考えるようになった。

彼らを驚かせ、笑わせたかった。楽しませたかった。そして、完成した童話が『とべ！パクチビクロ』だった。少年たちが一匹の小さなフナを巡って成長していく話だ。読んだ子は喜ぶと自信があった。

自信作を童話賞に応募する。予想に反して、作品は一次選考にも選ばれなかった。それでも、私はあの日、変わったのだ。

1990年に初めて出版した創作童話『とべ！パクチビクロ』（らくだ出版）

腐らない、めげない、祈り抜く。

すると、キセキが起こった。「本にしましょう」と言ってくださる出版社が現れた。プロフィールを聞かれ、いまさらのように、自分が何の童話賞の受賞歴もないことに気づいた。

かのこをおんぶしたまま、送られてきた真新しい本を抱きしめて泣いた。生意気な私に、「祈り、戦っていけば、絶対に願いは叶います。あなたは物書きになれます」と言い切った人たち。その言葉が今、この瞬間に実現したのだ。あの言葉は、本当だった。それなら、ほかのすべての願いも叶っていくに違いない。

泥沼のように感じていた生活の中で、私の思いが変わった後に、一気に花は開いた。

共戦の友・正嗣

正嗣は、小さいときから妹を隠したことがない。保育園のとき、まだ幼い友だちから、素朴な疑問で「お前の妹、変やな」と笑われ、私に気づかれないように悔し涙の跡を洗面所で洗っていたこともあった。複雑な心のうちはあっただろうが、友だちを呼んできて、「かのこやで！」と屈託なく紹介していた。私が同じ年齢なら、尊敬に値する。

そんな息子が高校生のとき、唐突に言った。

「あのな、いっぺん聞こうと思うとってんけど、かのこ、一つもようならんのに、何を信じておかんは頑張れるん？」

幼い頃、友だちの家の小さいきょうだいを見ながら、自分の妹が、よその子と違う重度の脳性まひであることを受け入れていった。

その妹は、リハビリを続けたものの、発作で首の座りさえなくなった。全身を断続的に襲う不随意運動は、座ることも立つことも不可能にした。長いこと、疑問を持ち、聞けば母が困るだろうことを質問する彼の目は本気だった。

私は少しうろたえた。彼は、根本的なところで疑問を持ち、疑っている。私は、どうだろう？

「キセキのような回復を諦めているのか、いないのか」

はっきりとはわからないが、その結論を飛び越えて、頑固に信じ続けていることが言葉になった。

「あのね。今は寝たきりでも、かのこは次の生命でオリンピックの陸上選手になればいいと思っているの。今、叶わなくても生命は永遠に続いていくのやから、今で終わりじゃないの。今も、永遠の生命のプロセスだと思うの。だから頑張るの」

息子の細い目が笑った。

「おぉ〜、そうやな。おぉ〜、そのとおりやな！　行ってくるわ」

笑いながらドアが閉まった。

あの日、私と息子は、なんの前触れもなく「母と子」を卒業した。敢えて聞いてはならない究極の質問をする後輩と、懸命に答える先輩になった。悲しみや苦しみをわかり合えるからこそ、触らずいたわり合う身内から、その課題の先

なかよしきょうだい　兄・正嗣と妹・かのこ

にある真実を求め、ともに戦い学ぶ戦友に変わったように思う。

私はそのことが、とてもうれしかったのを覚えている。そういう答えができた自分にも納得した。

いまや息子は四十四歳。私は息子からさまざまな指導をされ、立場は逆転している。「生命」という人生の究極の課題を、また話すときが来るに違いない。こうして親も子も生涯、誇りある卒業を繰り返しながら、成長していけるのは、とてつもなく幸せなことだと深く感謝している。

世界へ羽ばたく

正嗣が、妹をどれほど大切に思っているかは、これまでことあるごとに感じてきた。気管切開したばかりのとき、カニューレ（喉に差し込んでいる管）が合わず、気管内の出血が始まった。気管の出血は恐ろしい。窒息すれば一時間ほどで死に至る。

私とかのこが乗った救急車を、正嗣はバイクで追いかけてきた。びっくりする私に、「妹が死ぬかもしれんのに、当たり前やろ！」と怒っていた。

あれほど、幼いときから寂しい思いや苦しい思いをしたのに、いつも、いつだって妹への思いは変わることが

かのこ 12歳のひなまつり　兄とともに

なかった。

かつて目にした正嗣のブログには、こんなことが書かれていた。

【自慢できること】

どこでも眠れて、何でも食べられて、少しのお金と口(くち)があれば生きていけることを教えてくれたおかんとそういう環境。


すべて、寂しさに泣きながら、彼が全力で勝ち取ったものだが、どうしようもないことを宝に変えた話である。

彼の妹への思いは、自分の結婚式の挨拶(あいさつ)に凝縮(ぎょうしゅく)されていたように思う。

彼は、感謝の言葉を、両親ではなく、結婚式に参加した妹に、いちばん華(はな)やかな会場で贈った。

「妹の君は、妹だけれども、特別な存在で、いつも僕の心にいます。いつのまにか、僕の人生は君が示した道を歩むようになっていたのかもしれません。きっと、何度生まれ変わっても立場を変えて一緒に生きてきたのでしょう。いる場所も、やっていることも全然違うけれど、あなたは、兄にとって誇らしい、大事な、大事な戦友です。これからもっと、もっと親孝行していこうね。兄も負けずに頑張ります」

正嗣　アメリカ・カンザス大学の大学院を卒業

現在、自分の家族を持ち、アメリカのシカゴで生活している正嗣は、互いを補い合える優しいパートナーと力を合わせ、障がいを持つ子どもたちの教員を経て、Special Education Administrator（特別支援教育指導員）として働いている。七年間待ち望んだ子どもを抱くこともできた。幼子はもう、三カ国語を喋り始めている。ここから、また新たな世界広布の歴史が始まる。

アメリカで暮らす正嗣と妻・真由美さん、長男の和幸

キセキの葉書

心が震え
足がすくんでも
今日一日だけ
一日だけ希望に向かって進もう。
そういう一日一日の積み重ねが
未来を開く――。

母の入会

母は、私が産んだ脳性まひの孫をなんとか治したいと思っていた。どうしようもなくて、祈禱師（当時、田舎にはまだ存在していた）のところにも行こうとしたらしい。

しかし、それがなんの役にも立たないことがわかると、「あなたたちに何をしてあげたらいいか、言ってちょうだい」と言う。

「頑張れているから、大丈夫だよ。いちばんうれしいのは、南無妙法蓮華経とお題目をあげてもらうこと」と答えると、「親子なのに、もっと普通の話がしたい。信仰の話しかできないの？　本当に寂しい」と泣いた。

私の言うことが、意味のわからない言葉に聞こえたのだろう。母は信仰の話が嫌いだった。離れて住んでいる分、つらさは私より何倍も大きかったと思う。私のことを〈娘の病を解決できなくておかしくなった〉と思っていたかもしれない。それでも、苦境の中でお互いを理解しようとして、「お題目を唱えれば、あんたが喜ぶなら、唱えるわ」と言ってくれた。

やがて、母は聖教新聞を読むようになった。生来、感激屋の母は、その記事に感激し、自分の悩みの解決も祈るようになる。

「私はね、いま試しているの。本当にあなたが言うように願いが叶うのかをね。お父さんにバレると、ひどく叱られるから、洗濯機が回って大きな音がしている間、三十分間、洗濯機のそばでお題目をあげているの。それなら、聞こえないでしょ」

私は、その光景を思い浮かべて笑った。

しばらくすると、母はこう言った。

「みどり、願いは見事に叶ったわよ。もしかして、あなたの言うとおり、お題目には力があるのかもね」

それから、いくつも願いが叶っていった。

「私はね、創価学会員になるのは嫌なの。この小さな町でやるのは勇気がいるわ。親戚のこともあるからね。でも、心を決めて学会員になったらもっと、もっと功徳があるんじゃないかとは思うのよ」

母は、私から聞く仏法の話と自分に起こるさまざまなことを考え続けていた。そして、ついに意を決して、信心大反対の父に「入会したい」と伝えた。父は激怒した。

「出て行け！　そんなことをしたら離婚だ！　みどりだけでも家の恥だ

と思っているのに、お前までそんなことを言うのか！」

それから、お願いすること五年――。父からは毎年、同じ叱責が飛ぶ。

「創価学会に入ったら、離婚だと言うとるだろうが！」

しかし、五年目に、母は心を決めていた。

「わかりました。私は六十歳を過ぎるまで、あなたに尽くしてきました。これからは、自分に残された可能性を開きたいと思います。御本尊様をいただいて出ていきます。ありがとうございました」

父はさぞかし驚いたことだろう。母の強い覚悟に〈これはもう止められない〉と感じて言った言葉が、「勝手にせい！」。

この一言で、母は入会することができた。それから自らの心臓病を克服し、怒っていた父の大腸の大出血、肺からの出血、ほぼ前立腺がんだと言われた手術の大成功など、ベッドサイドで祈り抜いた。

「お父さん、しっかりしなさい！　お題目があるから大丈夫だからね」

と、母は素直さでは引けを取らない、祈り勝ちの前進を続けてきた。

一九九六年、そんな母に人生最大の病が襲（おそ）いかかった。

母を笑わせたい

私がそれを知ったのは、父からの一本の電話だった。

「みどり、お母ちゃんがおかしいんじゃや。髪の毛をハサミで切って燃（も）やしとる。水は出しっぱなし、ガスもつけっぱなしじゃや。この前は、海に入って死のうとする。布団（ふとん）から出てこん」

「えっ？」

それは、母のうつ病と認知症（にんちしょう）の始まりだった。

「お母ちゃんとお前は、同じ信心をしとるんだろう。わしもどうしたらいいかわからんから、かのこをどこかに預けて、家に帰ってくれんか。頼みます」

父にこんなふうに懇願されるのは初めてだった。〈助けなきゃ〉と思う。でも、かのこを長期で預かってくれるところはない。専門病院のない故郷に連れて帰ることは危険すぎた。

私は、ペタリと仏壇の前に座

体調を崩した頃の母・マス（大分の自宅にて）

って、唱題を始めた。〈どうしよう〉というバラバラな思いが、次第に整理されてくる。

できること。

できないこと。

やれること。

無理なこと。

センチメンタルではなく、考えよう。どんなに絡まり合った糸も冷静にほぐしていくしかない。宿命なら戦いを挑むしかない。そして、「誰も置き去りにしてはならない」という師匠・池田大作先生の指導。かのこの手も、母の手も、両方離さない。

まず、母を心療内科へ連れて行ってもらう。

ドクターから、認知症とうつ病の診断があり、抗うつ剤の処方が出る。

薬が効き始めるまで、強い希死念慮（死にたい気持ち）から守らなければならなかった。

母とは、電話で話し続けた。私が同じ家の中で、そばにいるように相手をするが、当時は電話代金がものすごくかかり、あっという間に限界を迎える。電話に変わるものはないか？

母の「死にたい願望」を吹き飛ばすために〈笑わせてみよう〉と思いついた。〈私は「書く人」だ。たった一人の母を笑わせる文章すら書けないで、どうするんだ！〉と心が勢いよく、すっくと立ち上がった。

私が住んでいる関西は、お笑い満載の土地柄で、あらゆるところに笑いのネタが転がっているように思えた（それが大きな間違いだったのだけれど……）。

「お母さん、今日から毎日一枚、ワハハと笑える葉書を送るわね」

祈りをのせて葉書を送り始めた。最初の一枚。

突然の雨に、スーパーの袋を頭から被り、持つところを耳にかけて、自転車で走って行く人がいる

下手くそなイラスト付き。

しかし、いきなり行き詰まった。次のアイデアがないのだ。

葉書は「毎日送る」と約

束したのだから、死守したかった。母の命がかかっているのだから……。藁をもつかむ気持ちで、家にやって来る、かのこの訪問教育の先生におもしろい話の提供を頼んだ。先生は「よっしゃ、任せとけ」と、身振り手振りで話してくれる。

「お母さん！　私の住んでいる尼崎は、西宮には負けへんで！　この前、急に雨が降り出したら、長～いダンボールに穴を開けて、そこから顔を出して、親子で自転車乗ってたで、すごいやろ！」

おもしろい！　次の話はこれにしよう。私の話の何倍もおもしろいじゃないか。

こうして、笑いのネタを取材することを思いついた。一人で見つける何倍も強烈な笑いがそこにはあった。かのこの周辺のことや、「僕の人生のポリシーは、人を緊張させへんということやねん」と宣言する正嗣もネタを提供してくれた。

私はいつのまにか、たった一枚の葉書を描く（か）ために、笑えること、感動すること、びっくりすることにしか興味を持てない自分に変化していく。かのこの介護の苦しさなど気にしている場合ではない。「死にたい」という母に、悲しいことを書き送るわけにはいかない。妙な使命感が膨（ふく）らんでいった。

葉書を出し始めて二カ月が過ぎた頃、母は布団から這（は）い出すことができた。三カ月を過ぎると、「あんたは、毎日楽しいことばかりでいいねぇ」と言ってきた。ここで、ほぼ一〇〇枚描いたことになる。四カ月目には、さらに母は元気になってきた。それでも私がお笑い葉書を続けていたのは、「やっていたよいことを突然やめると、よくなっていた症状が前より悪くなる」と新聞のコラムで読んだからだった。愛情というよりも逆戻（ぎゃくもど）りしてしまう恐怖が強かったように思う。

結局、十三年十一カ月、約五〇〇〇枚の葉書を書くことになる。

母の逆転ホームラン

病に倒（たお）れてから四年目。母の認知症状は消え、抗うつ剤も必要なくなり、落ち着いてきた。その頃には、私にとって楽しいことを追いかける生活は、当たり前の日常になってい

毎日、祈りを込めて葉書を投函した西宮の自宅近くのポスト

た。私の想像の世界は広がっていく。

当時、母の住んでいた実家は山の上にあって、毎日一枚の葉書のために郵便配達員さんは、その山道をバイクで登って行く。〈大変だろうなぁ。他人の葉書だから見てはいけないのだろうが、つい見てしまったとしよう。すごくおもしろい。次も見たいなぁと思うだろう。どうしても我慢できなくて、郵便受けに入れるとき、チラッと見るかもしれない。いやいや、郵便受けの横の木陰で立ち止まってじっくり読むかもしれない。それぐらいおもしろいことを描こう〉と妄想の中で、自分を鼓舞することもあった。

元気になった母は、スケッチブックに葉書を丁寧に貼り付け、知り合いに貸し出していたらしい。その作業はいつしか、母自身のためではなく、〈誰かを笑わせるため〉に変化していった。小さな町の小さな文房具屋でスケッチブックを買うたびに「続きも見せてね」と声がかかる。母は、〈誰からも必要とされなくなった〉と心を病み、自ら命を終えようとしていたのに、こうしてまた誰かに必要とされるステージに返り咲いていった。

　ある日、母から電話があった。

「みどり、私ね、認知症が治っ

娘から毎日届く葉書を母が大切にスクラップしていたスケッチブック

たと確認するために、自分の少女時代の小説を書いてきたの。家が炭問屋をしていた戦争の始まる前からのこと。毎日、原稿用紙一枚ずつ書いたのよ。それが五〇〇枚になったからね、この作品で世に打って出ようと思うの！」

「えーっ？」

「あなたが毎日送ってくれる葉書を見ていたら〈この程度の文章なら私だって書ける〉と思ったのよ。もっとおもしろくも書けそうよ」

「お母さん、やめといたほうがいい。認められなかったら、がっかりしてまた調子悪くなるよ。初めて書いたんでしょ。物を書くって、そんなに甘い世界じゃないよ」

「あ〜、心配しなくても大丈夫。もう、応募したから」

私は、母の性格は知っている。人の言うことを聞く人ではない。でもこのときには〈一気に躁状態になったのではないか〉と思った。

　その後、できるだけその話題には触れないようにしていた。そのうちに忘れるだろうと思っていたのに、なんと、母の作品は一次選考を通過した。さらに、二次選考に残り、最終選考まで残ったと、テンション高く連絡してきた。

「いちばんだったら、賞金一〇〇万円が出るの。あなたにもいろいろお世話になったから、半分の五〇万円あげるわよ。楽しみにしといてね」

　そのときになって、私はやっと母の応募先を調べた。自費出版の会社が実施しているプロ・アマ問わずの作品公募だった。私は、母の作品を読んではいない。それでも、初めて書いたものが最終選考に残るとは驚きだ。あり得ないと思った。

　発表の日。夕方、母から連絡が来た。

「いちばんは私ではなかった。でも絶対に諦めきれない」

〈それはそうだろう。選ばれるはずがない〉と、私は一気に平常心に戻り、慰めの態勢に入る。

「応募したその出版社から自費出版すればいいんだよ。初めてで最終選考に残るなんて大健闘だよ」

ところが、母は諦めなかった。その日から祈り続けること一カ月。出版社から連絡が入る。

「グランプリではなかったので、賞金一〇〇万円はありませんが、捨てがたい作品なので、わが社から出版させていただきたい」と。もちろん、一作家としての扱いで――。

話が現実だと確認できた後、母は言った。

「私は、あのひどい状態からお題目で蘇生したのよ。どんなことも、不可能はないと心から思っていたわ」と。

こうして、母は七十七歳で、逆転ホームランの打者よろしく、颯爽と社会に戻ってきた。一冊目がとてもよく売れたらしく、二冊目は書き下ろしで本屋に並んだ。病を克服するために唱えた題目で、自分の中に眠っていた才能までも、見事に見つけ出したのだった。

九十歳で亡くなる前年、三冊目を

健康を取り戻した母が初出版した随筆『終わりなき生命』（新風舎）

世に出し、四冊目も書く気満々で、亡くなる直前、私に小説のタイトルを口述筆記させて旅立った。

母からの贈り物

そして私も、とてつもなく大きなプレゼントをもらうことになる。

母に送り続けた葉書の左上には日付を入れていたので、一日もごまかすことはできない。うっかり抜けようものなら、「何日の分が欠けているわ」と母に追及される。こうして意図せずに、三百～四百字で一つの話をまとめる訓練を五千回も繰り返すことになった。下手くそだったイラストだって、五〇〇〇枚も描けば、いくらか人に伝えられるものが描けるようになった。

少し自信がついた私は、葉書と並行して月一回、友人たちにイラストエッセーを送り始めた。これが、二〇〇八年から毎日新聞【大阪版】で十年間にわたって連載されることになる「KANOKO MEMO」として結実した。母が〈私のお守りだから〉と、一枚残らず大切に葉書を残してくれたおかげで二〇一一年には、『希望のスイッチは、くすっ』という本を上梓することもできた。

「これは危険な本だわ！　電車の中で読むと、おかしくて吹き出してしまう」

「入院中、〈この本、笑えるから〉とみんなで回し読みしてたんよ。だから退院のとき、ロビーの本棚に置き土産にした」

こんなふうに独り歩きを始めた私の本は、今日もどこかで、誰かを愉快にさせている。

祈りというフィルターを通過したとき、自分の周りだけにとどまらず、お会いしたこともない誰かにも幸せを及ぼすことができた。無駄なことは何一つなかった。

感動と希望を電波に乗せて

五〇〇〇枚の葉書が、母にキセキを起こしたと言われる。本当のところ、キセキを起こす確信があって描いたわけではない。一枚一枚の葉書は、ただの小さな雫の一滴一滴にすぎなかったように思う。

想像してほしい。

誰も気がつかない地下の洞窟がある。そこに水滴が落ちる。

「ポチャ～ン、ピチィ～ン、ポチョ～ン」

音だけは清(きよ)らかに響(ひび)きながら溜(た)まっていく。ほんの少しだから、その一滴がどこに落ちたかもわからない。だぁれも気がつかない長い時間が流れる。ある日、ついに洞窟はその水で満たされる。収(おさ)まりきれなくなった水は、岩の割(わ)れ目から地上に噴(ふ)き出す。そのとき初めて、皆はその存在を知るのだ。

　キセキとは、その吹き出した水ではなく、絶え間なく落ち続けた小さな雫ではないかと思う。そしてたぶん、その小さな水滴も自ら落ちながら、その結末などわかってはいなかったのだ。

　母が病から回復した頃、友人からピンチヒッターを頼(たの)まれて地元のラジオ局に行った。とくに話すこともなかったので、葉書の話をした。

　娘が重度の障がい者なので、倒れた母の介護に行けなくて悩み、葉書を書いたこと。そうしたら、その葉書を笑いながら読んでいるうちに、母は元気になって、認知症もうつ症状も回復したこと――。

話を聞いて、「へぇ～、そんな不思議なこともあるんですね」と驚くパーソナリティーさん。それがきっかけとなり、私は次の年から、そのラジオ局で番組を持つことになった。

経験も自信もなかったけれど、かのこを育てた悲しみや葛藤（かっとう）、喜びや感動を伝えたいと思った。自分の心の中に閉（と）じ込めて、生涯、誰かに語ることはないと思っていたマイナスの気持ちさえも電波に乗ることになった。聞いてくれている誰かに「そうなんだよ。そのとおりだよ」「わかる、わかる、落ち込むよね」「よし、私も頑張ろう」と思っていただければ、うれしいと思ってきた。両親の介護話の本音（ほんね）も加わり、今日も、私は話し続けている。

かのこの不思議

「随喜」——ともに喜ぶこと。

人の喜びを
わが喜びとできないものは
いくら時が過ぎても
その幸せな人と同じ場所には立てない。

気管切開と胃ろう

かのこの不随意運動は治ったが、呼吸の苦しさは、年齢を重ねるにつれてひどくなった。寝ているときは、呼吸が浅くなり、舌が落ち込み、自分で呼吸を抑制するのだ。

「気がつかないうちに酸素濃度が落ち込み、静かに呼吸停止することもありますよ」とドクターに説明され、気管切開に踏み切った。すると、思いがけず、すばらしい結果が！　顔色が一気に改善したのである。

「昔の写真は、顔が緑色でしたね」と、リハビリの先生が笑うほど、恒常的に酸素が足りなかったのだ。

次は、胃ろう。長い間、鼻からチューブを通して栄養剤を入れていたのだが、胃に直接チューブを通し、腹壁からその先を出して水分や食品を注入する。医療処置が発達し、介護者も本人も、とても楽になるのだが、少しずつ機能が落ちて「死」に近づいていくような気がしていたのも事実だった。

その、極め付きが、「かのこさんも人工呼吸器を使ってみましょうか?」とのドクターの提案だった。

ものすごくショックだった。日々、懸命に介護してきたが、ついにこの日が来た。敗北だと

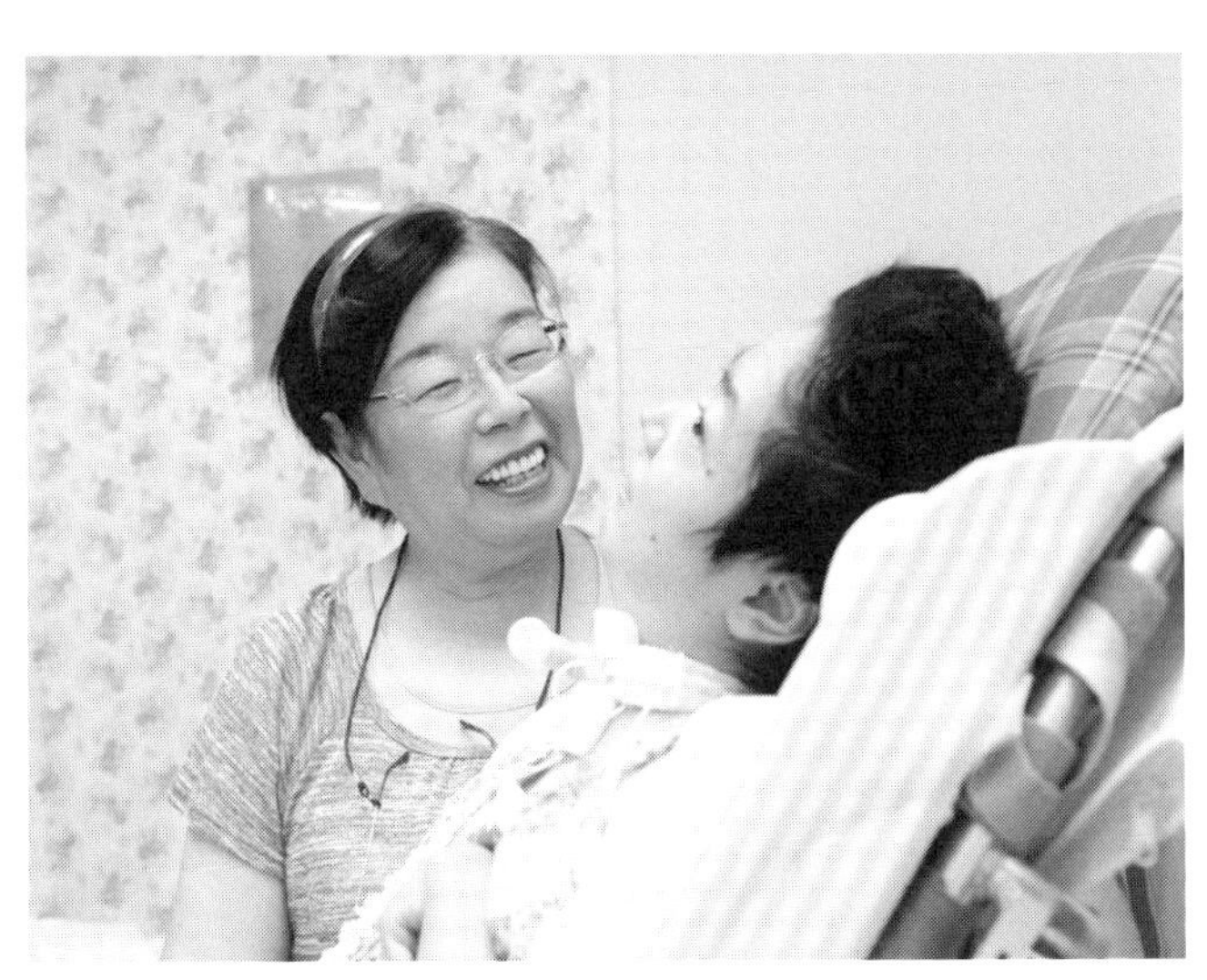

かのこと過ごす日常

思った。納得できないまま、信心の先輩に病室から連絡した。

「こんなに頑張ってきたのに、この結果です。人工呼吸器になれば、介護はもっと大変になります」

「どうして、大変になるの?」

「見守りが二十四時間いるのです。人工呼吸器になった方は皆、そう言っているんです」

「そう。あなたが大変じゃなければいいのでしょう?」

「えっ! そんなことは……」

「あり得ません」という言葉を飲み込んだ。

先輩は御書(日蓮大聖人の遺文集)の一節を口にした。

「『我ならびに我が弟子、諸難ありとも疑う心なくば、自然に仏界にいたるべし』(開目抄)。続きを言ってごらんなさい」

「『天の加護なきことを疑わざれ。現世の安穏ならざることをなげかざれ。我が弟子に朝夕教えしかども、疑いをおこして皆すてけん。つたなき者のならいは、約束せし事をまことの時はわするるなるべし』」

それは、〈いざというとき、まさかのときに疑ってはならないと教えてきたのに、最も簡単に疑いを起こしてしまう〉という凡夫の弱さを示したうえで、〈それでも信じて信仰を貫きとおしなさい〉と説いている日蓮大聖人の言葉である。

私が続きを誦じるのを聴き終わると、先輩は、「はい、そういうことですね。じゃあ、頑張って」と電話を切ってしまった。

そのとおりだ。私は、かのこのベッドサイドで題目を唱え始めた。

不可能を可能に

病室に朝の光が差し込んだ。昨夜、いつ眠ったのか覚えていない。かのこを見ると、人工呼吸器をつけたまま、楽ちんそうに眠っていた。看護師さんが検温に入ってきたので、思わず尋ねた。

「夜中、痰の吸引してくれたんですか？」

「してないよ。お母さんがしたんだと思ってた」

八時間、一度も痰の吸引なし。驚いた。三十年近く、二十四時間休むことなく、最低二時間おきに起きて吸引してきた介護から解放されたのだ。続けて眠れたのは三十年ぶりだった。

昨晩、先輩から、「ほかの介護者がどうであれ、あなたの介護が大変にならなければいいのでしょう？」と言われたことを思い出し、急いでこの見事な顛末を連絡すると、「おや！　早い解決でしたね」と、〈そう思っていた〉と言わんばかりの返事が返ってきた。

　さらに大きな変化は、夜だけ人工呼吸器を使ったことにより、かのこの縮まった肺が人工呼吸器の圧力で開き、肺に溜まりに溜まっていた二酸化炭素が排出されたことだ。二酸化炭素が溜まると換気障がいで意識が朦朧としていたはずなのだが、それがなくなったのだ。

　また、自力で酸素を充分に取り入れることができるようになり、日中使っていた酸素ボンベが要らなくなった。

「ほぅ、すごいね。そういうことになりましたか！　じゃあ、夜だけ人工呼吸器を使いましょう」と、思わぬ成果に喜ぶドクター。

　ここは、私のいちばんの問題だ。

〈直さなければ〉と思いながらも、「そうは言うてもなぁ人間」のままの私は、学ばない自分を深く反省したのだった。

新発見！ イエローが好き

自分の意思と関係なく動いてしまうことを不随意運動という。だから、何かを持ち続けるとか、放すとかはできない。勝手に動いてしまうので、赤ちゃんのときは、ギューッと強く抱きしめていないと、眠ることすらできなかった。驚くことに、注射のときも、血管が勝手に皮膚の下でグリグリと逃げて看護師さんたちを手こずらせた。

そんな中、リハビリのY先生が、目標を宣言する。

「持つ・放すのリハビリをしましょう。目標は朝ごはんの卵を持ち、それを割る。目玉焼きを作ることを目指しましょう！」と。

握り続ける訓練として、まず、娘の手のひらに収まる小さなゴムボールを持たせる。持ち続けられず、落とし続けること三年間。さらに、意思に従って放せるようになるのに四年。気が遠くなる時間が経過した。でも、積み重ねとは偉大なもので、卵を持ち、握りつぶさず割れるようになった。

次に先生は、「これで、イエス・ノーが伝えられるようになったよ!」と言う。手のひらをギュッと握ることでイエス、開くことでノーを表す。それを認識させるために繰り返す質問と受ける側の反応。まさに、ヘレン・ケラーの「ウォーター」(水)もこんなだったのかと思うような繰り返しだった。

それができるようになっても、〈はたして、正しく返事をしているのだろうか〉と疑ったのは、誰あろう、私だった。ヘルパーさんや訪問看護師さんは、口々に、「ちゃんと返事をしているじゃないですか」と言う。

ある日、Y先生が質問した。

「今までしんどい（つらい）ことがいっぱいあったね？」

「イエス」

「発作（ほっさ）や肺炎で、何回も入院したことやね？」

「ノー」

「えっ？　違うの？　何がしんどかったの？　楽しいところに行けなかったこと？」

「ノー」

「美味（おい）しいもの、食べられなかったこと？」

「ノー」

「なんやろ？　あ～、わかった。かのこちゃんの気持ちを誰も聞いてくれなかったこと。気持ちを言えなかったこと？」

「イエス、イエス！」

「あ〜、そうなんや。じゃあ、今は言えるから、しんどくないの？　楽しいの？」

「イエス、イエス、イエース！」

力強く握ったので、「今は、ものすごく楽しい!!」と翻訳(ほんやく)した。先生も私も、しばし無言になった。

〈そうだったのか〉

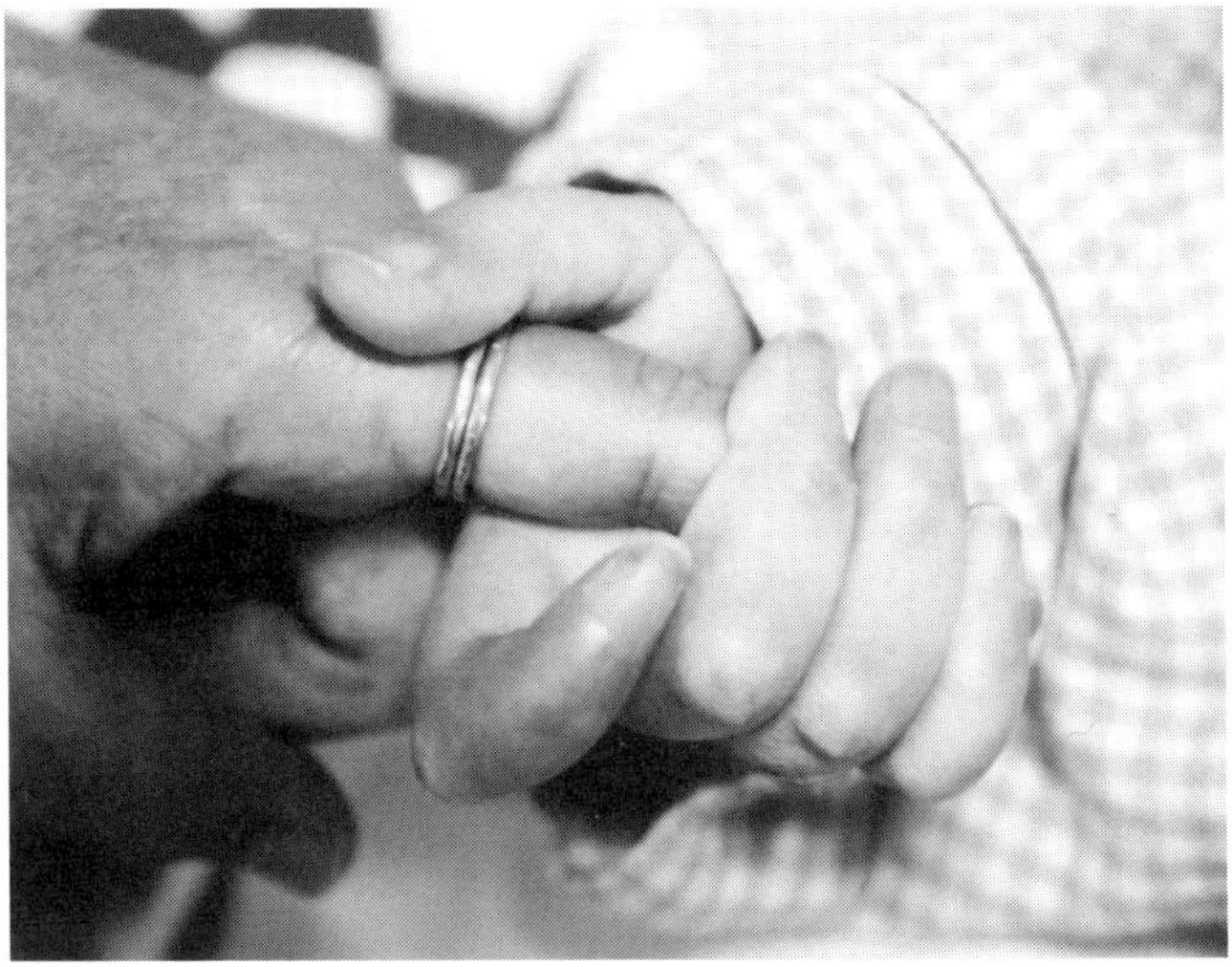

私の指を握り、意思表示をするかのこ

そういえば、意思を伝える術がなかった頃は、頭に円形脱毛がたくさんあった。伝えられるようになってから、それはいつの間にか消えていた。生きているということは、身体があるということだけではなく、自らの思いがあるということなのだ。

私は、かのこを守ってきたが、彼女の「生きる」に重点を置かなかったことに気がついた。本当に自分の意思なのかと、二十回繰り返し聞いた「何色が好き?」という質問に、〈お母さん、これは偶然じゃないんだよ〉とばかりに言い続けた「イエローが好き!」。

頑固な私も、認めるしかなかった。

〈かのこ、ごめんね〉

それから、思い込みでピンクにしていた部屋のカーテン、タオル、洋服が、ひまわりイエローに変わっていった。

父と母の介護

介護生活が日常になっていたわが家に、お年寄りの介護が加わることになった。私の両親である。

原因不明でときどき起こる父の振戦(しんせん)(震(ふる)え)発作で、老人二人だけの生活が難しくなっていた。

「日本中を探して、いい介護施設に入るから心配しないように」と連絡してきた。父は九十歳まで住んだ大分の地を離れるのは厭(いと)わないと言う。

それなら、関西に来ることもできるだろう。

「私のところではいかが?」と提案してみた。

渡りに船で、この話はすぐに決まり、二人は兵庫県にやってくることになった。私は話が決まってから、改めて我にかえった。かのこと両親、三人を同時進行で看ることは可能か？　わからない。まぁ、悩むより、前に進もう！　今までだって、どうしようもないことをやり抜いてきた。これまでの経験で得た自信が〈大丈夫！〉と後押しした。

二週間後。二人は意気揚々とやってきた。うれしそうだった。大正生まれの父は、引っ越して来て最初の、かのこへの挨拶がこうだった。

「あんたは楽しいこともな～んもなくて、可哀想になぁ。早よう死にたいやろうなぁ」

「え～っ！」と目をまん丸にして、手を振って驚くかのこ。

失礼の極みの言葉だったが、毎日、顔を合わせていると父の考えは変化する。普通の孫と同じ感覚になるから不思議だ。

外出時、かのこに「お小遣い（こづかい）をもっとくれ」と言われて増額した父は、かのこが買ってきたお土産（みやげ）のドーナツをニコニコと食べていた。こういうことは、「相手を知る」ということで認め合い、認識を改めて、見事に解決する。

さらに一カ月後、父が唐突（とうとつ）にこう言った。

「ほかでもないがぁ、わしを仲間に入れてくれんかのう？」

大分にいた頃の両親

「仲間？　何の仲間？」

「あんたたち、創価学会じゃ」

「え～！　え～!!　お父さん、ずっと私たち学会員のことを『ヤツラ！』と言うてたのに、仲間になるの？」

「わしはなぁ、三十年間、あんたたちのことをじっと見とった。そうしたら、やはり、あんたたちが正しい」

突然の決心。たしかに私は父にも日蓮大聖人の仏法を話し続けた。拒否され、怒り（いか）を買った。その後、先輩の言葉に従い、父が八十歳から九十歳まで信仰の話はまったくしなかった。だから、心の底から驚いた。

父は九十歳のお正月に創価学会員になった。母は会館で立ち上がり、万歳（ばんざい）をして喜んだ。師匠・池田大作先生から、「大勝利、おめでとう」とのメッセージをいただき、一家和楽（いっかわらく）が満ちていくことに感動していた。

その後、母が脳梗塞を起こした。発見が早く、足に軽いまひが残ったが生活に支障はなかった。その四年後に、父がアルツハイマー型認知症を発症した。

老いには病が付きものだけれど、介護の本番がやって来た。ヘルパーさんや医療関係者にサポートしてもらいながら生活を回すのだけれど、なかでも驚異的にいい仕事をしてくれたのが、かのこであった。

父が認知症になってから、ヘルパーさんと外出中に街で私たちと出くわすことがある。すると、私のことは誰だかわからなくても、孫にはすぐ気づき、「お～、かのこちゃん」と名前を呼ぶのだ。

また、自分がオムツを使うようになったとき、「こんなありさまになってまで生きていとうない」と男泣きした父に、「かのこもオムツしているよ。自分で食べられなくても、大手を振って生きてるよ、お父さんは、自分で歩いて、自分で食べてるじゃない。一〇〇点満点だわ」と言うと、「おお、そうじゃのう！」と一気に元気になった。ことあるごとに、娘のありようが父の老いを肯定し、「わしも、生きておっていいのじゃのう！」という結論に導く。

母は、訪問リハビリが嫌いだったが、孫のかのこが赤ん坊の

すっかり西宮になじんだ両親

ときからリハビリを続けてきたことが励みになった。たくさんのケアなしでは、一日だって生きることが難しいかのこは、存在それ自体が「爆発的な励まし力」を持っていた。

数年後、父は私の膝に頭を乗せて、新聞を広げて持ったまま、老衰で亡くなった（九十七歳）。

その一年半後、母は肺腺がんを患ったが痛みもなく、亡くなる三日前にも歩いて、自宅で看取ることができた（九十歳）。

父は亡くなる一週間前までデイケアに行き、母は次の小説のタイトルを私に書かせて旅立っていった。介護や医療従事者のサポートありてだけれど、羅針盤のない航海のようなトリプル介護を、皆で笑い転げながらやれたのは、かのこの存在が大きかったと思う。

かのこ写真館

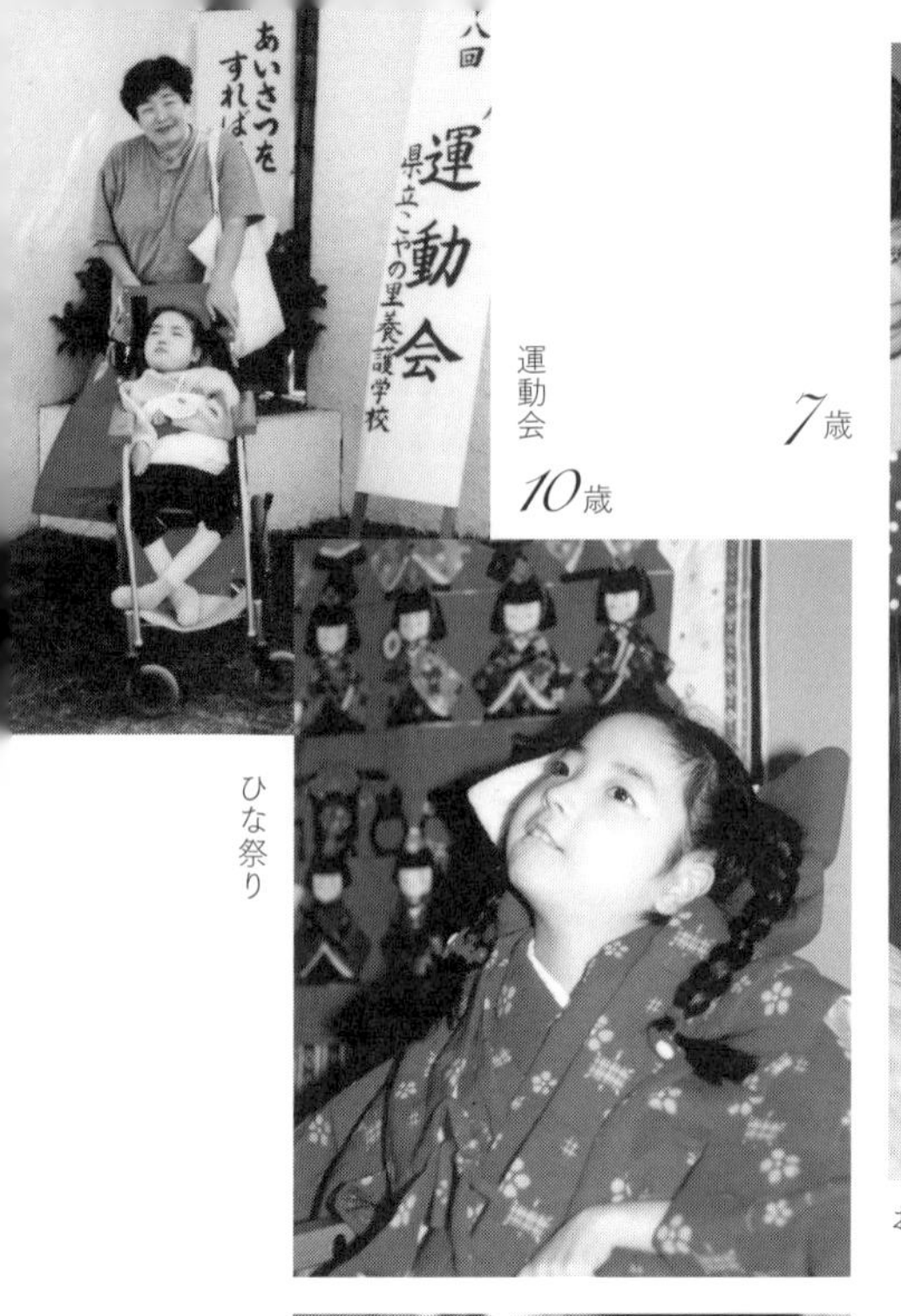

運動会　10歳

ひな祭り

7歳

お祭り

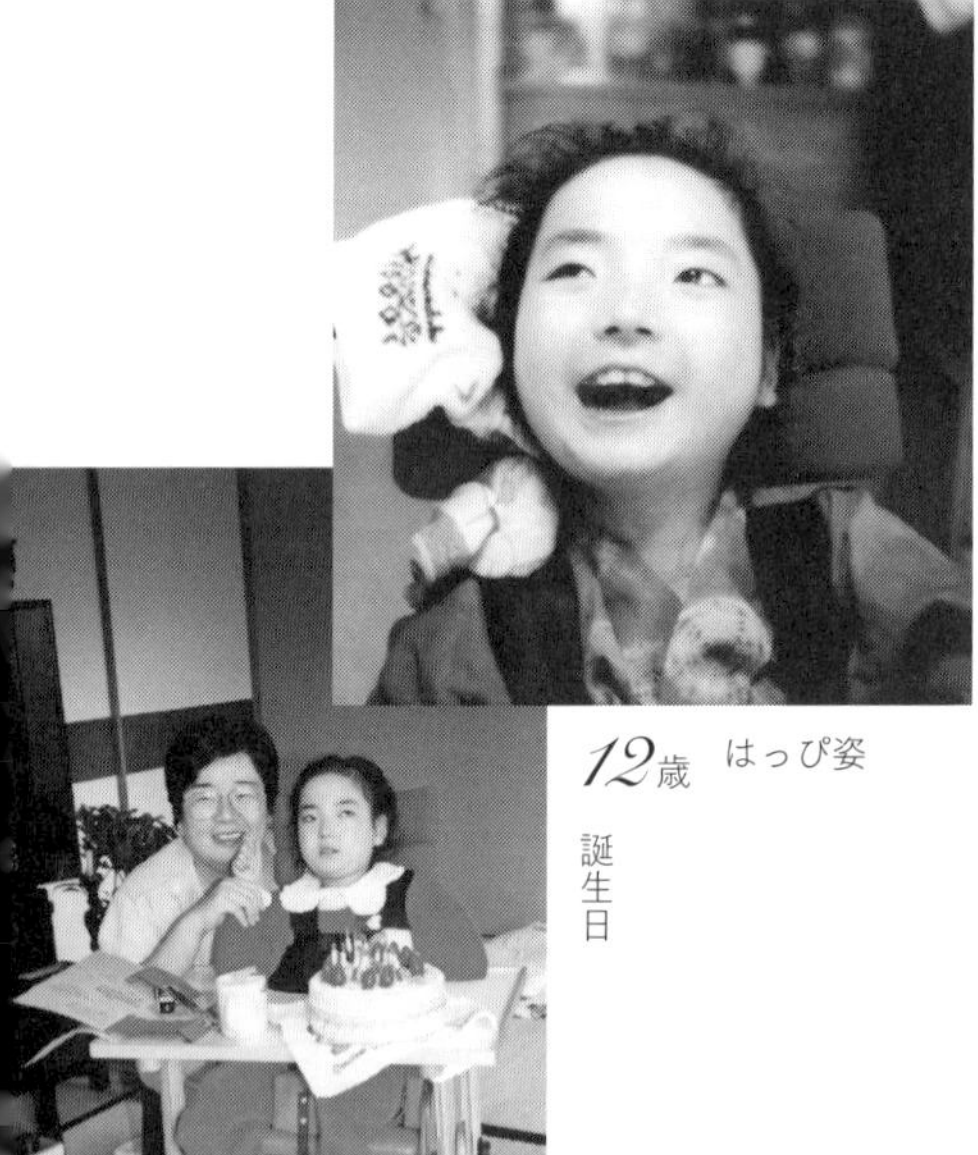

12歳　はっぴ姿

誕生日

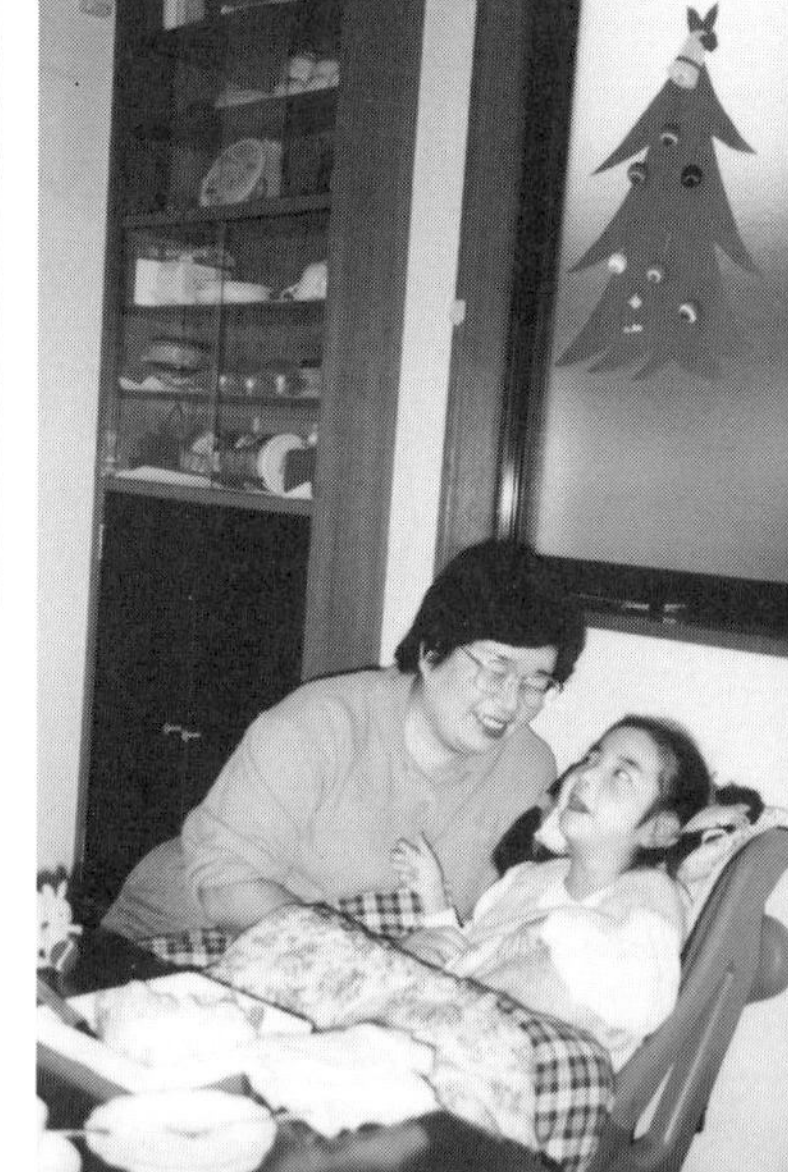

8歳　クリスマス

13歳　中学校入学式

17歳　高等部2年生進級

18歳　書き初め

23歳　キライな園芸で頑張ってトマトを栽培

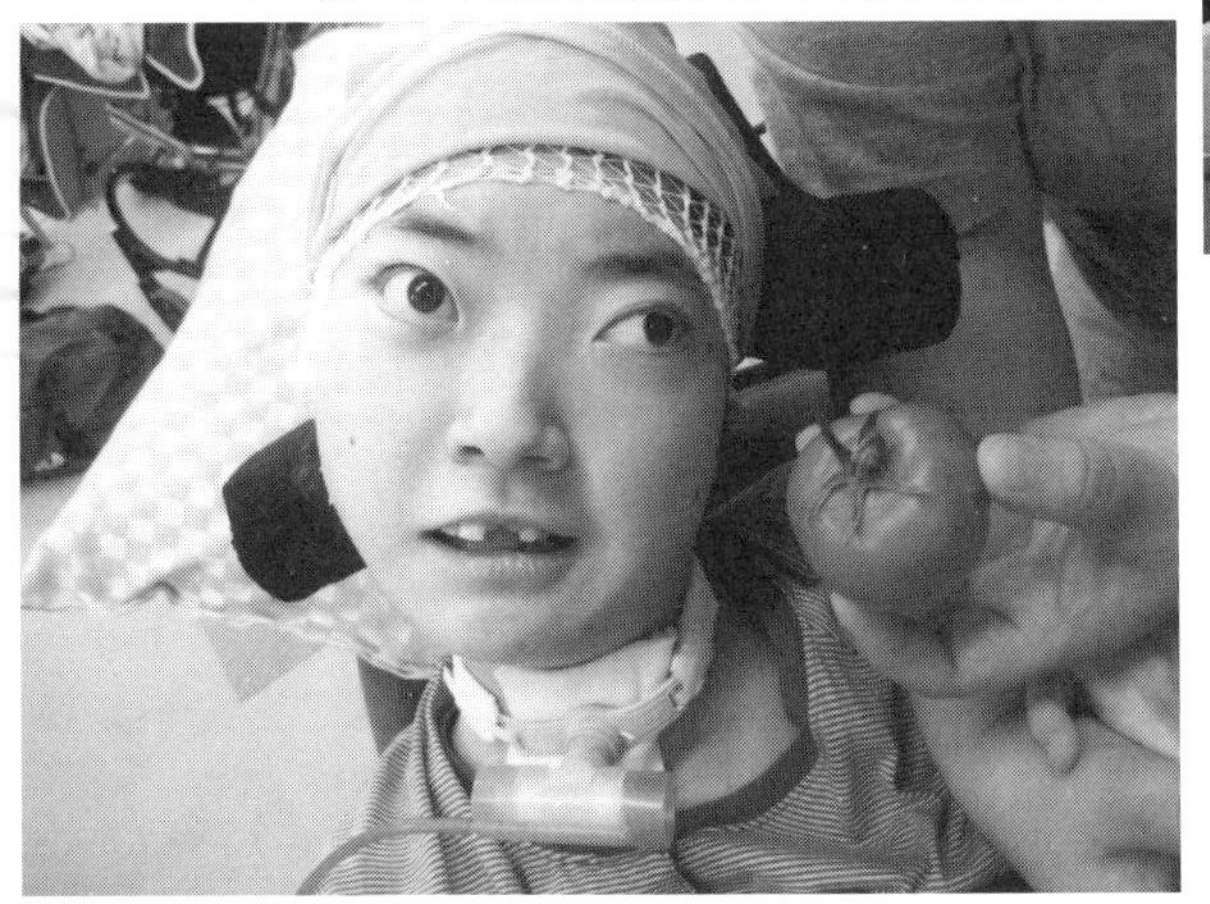

ドレスを着て

励ましの系譜

さらに時は流れた。人生の山坂を越えて、断崖絶壁をよじ登り、無我夢中で、這いつくばるように暮らした日々だったが、私は心から笑えるようになった。

かのこが三十三歳になったある日、講演会の依頼が舞い込んだ。誇れるものはないけれど、私の介護経験がお役に立つなら……とお引き受けし、懐かしいあの町・堺を訪ねたのだ。

会場ではたくさんの懐かしい顔に会った。そして、出口には、私を待ってくれている政子さんの姿があった。

駆け寄ると、政子さんは手を広げ、「ああ、久しぶりやなあ。元気そうやな！　今日まで、よ～う頑張ったな。全部聞いてたで」と、懐かしい高い声で笑い、持っていたスーパーの袋を差し出した。

「ほれ！　あんたが初めてうちに泣いてきたとき、庭に咲いとった梅の花やで。今日、あんたに会えるさかい、枝を切って持ってきたんや」

あのときの私は、絶望の中、梅が咲いていることさえ、気がつかなかった。私は込み上げる思いが我慢できず、涙があふれた。

「ありがとうございます。私は、あのときの言葉を抱きしめて今日まで生きてこられました」

「おめでとう！　これからほんまもんの人生が生きられるんやで」

「あんたが変わることですべてが変わっていくんや」

「あー、あれな、あれは私の言葉ちゃうねん。私が筋ジストロフィーの子どもを持って泣いていたときに、先輩が言うてくれた言葉や」

「えっ!?」

想像もしなかった言葉だった。

政子さんがかつて、自分の生きる力とした励ましの言葉は、彼女の口で語られ、私をも支えてくれた。そして、私からまた、次の誰かに流れていくのだ。政子さんが言った「ほんまもんの人生」とは、この励ましの系譜に連なることなのだとわかった瞬間だった。

時を超えて叶う夢

かのこのリハビリは続けていたが、いつのまにか〈座るとか歩くということは幸せの必要条件ではない〉とわかり、生きていくための呼吸リハビリに移行していった。「折り合っていく」「納得する」という言葉のとおり、現実を受け入れていた。

かのこ、三十六歳。

ある日、訪問リハビリのY先生が突然、言った。

「お母さん、座れるかも！」

「そりゃ、無理でしょう」

先生は支(ささ)えていた手を、娘の背中からゆっくり離した。

「かのこさん、自分で座ってよ。私は支えてないよ！　自分で座るよ。ほら、一、二、三、四、……三十。できた！　すごい、

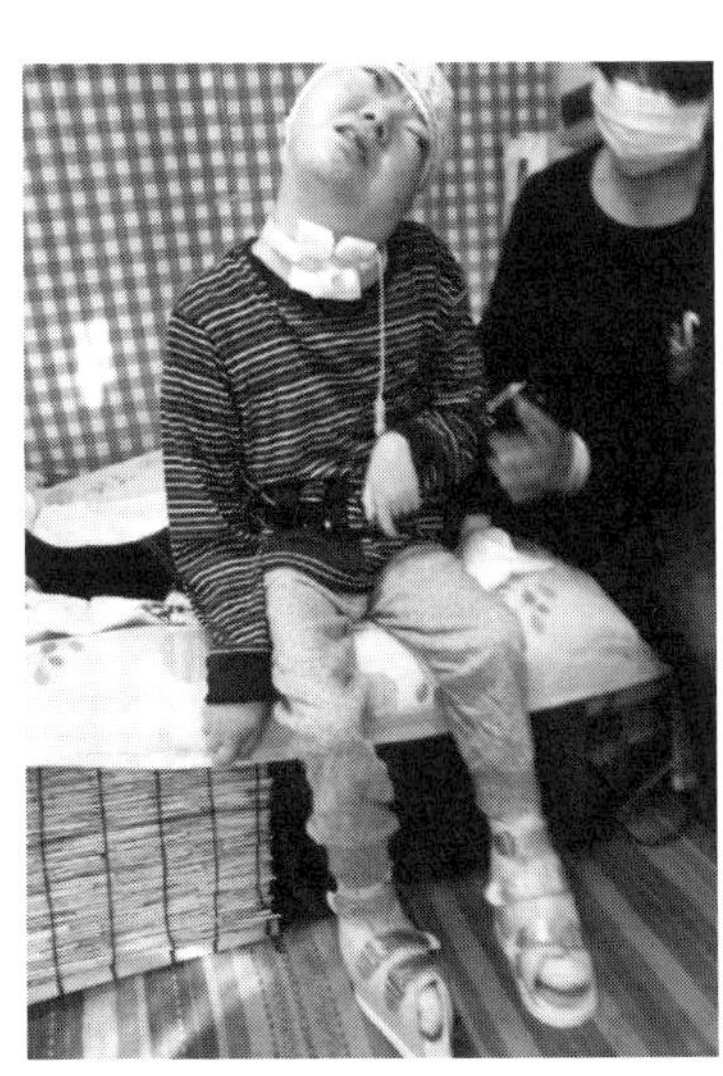

自立座位

すごい。お母さん、座れたよ！」

曲がった首のまま、バランスをとって座るかのこが見えた。この姿をどれほど長い年月、待っていたことか。

それなのに、自分でも驚くほど感動が小さいのはなぜだろう。

時間がきて、先生は帰る。かのこは、いつものようにベッドに寝ていて、また日常の時間が流れ始める。

初夏の柔らかな風が吹き込んできた。踊るカーテンをくろうとして立ち上がったとき、不意に涙があふれ、止まらなくなった。

私が追わなくなった夢が、叶った。時間の壁に確かに刻みつけられた夢。〈これでよかったのでしょ〉と、大いなるものが私を抱きしめていた。私は立ったまま、泣いた。

Y先生も、「帰って皆に報告したら、すご～く驚かれて、そしたら、今までのことを思い出して、急に涙が出てきたんですよ」と言う。このキセキは、不思議な積み重ねの先にあった。

リハビリを頑張ったら、大好きなブランコに乗れる。寝て乗る広い板のブランコから、座って乗りたいという意思のある楽しさ。意図せずに鍛えられていった背筋と腹筋。自力で座れたことが、何につながっていくのかわからない。それでも、私たちは運命を動かした。きっと子どものように信じればいいだけなのだ。種は芽吹き、伸び続け、時を超えて、みんなの目の前で花開く日が必ず来る。

「やっぱりお題目は、ものすごいですね。かのこちゃん、教えてくれて本当にありがとう」とY先生が言う。

彼女は、かのこの無言の生きざまを見続け、かのこを紹介者として、創価学会に入会した最初の人となる。

コロナ禍を乗り越えて

かのこの生活には、常に命の心配があったが、新型コロナウイルスの感染が広がり始めると、突然、普通の生活をしている人たちすべてが初めて「命の危機」に向き合うことになった。世界中が、遠くにあった「死の恐怖」を身近なものとして意識し始めた。

二〇一六年から毎年、夫と私の両親を看取ってきた。義母のお葬式が二〇二〇年一月。当時、日本ではまだコロナは蔓延していなかったが、シカゴに住む息子たちには、「お葬式のために航空機移動はしないように」と帰国をやめさせた。

病人のそばにいる私たちは命の危機には慣れているとはいえ、重なる危機感はあった。わが家でも、誰かが感染すれば、かのこはあっという間に命を落とす危険に晒されるため、セルフ・ロックダウン（自己隔離）を決断した。ヘルパーさんや医療従事者の訪問は最小限に抑え、通っていた施設には行かない。その他の外出も最小限にする。

私が感染したら、かのこに確実に感染するので、マスク、医療用手袋、消毒液などを大量に準備したが、病院からは「アルコール、精製水、酸素ボンベなどが不足している」との連絡が入った。コロナ患者に使用するためだという。仕方ないので、節約して使うことにした。

ニュースを見るたびに増え続けるコロナによる死者数。感染の恐怖はあったが、家に籠っていることに関しては、ほとんどストレスを感じなかった。仲間の介護者も同じ意見だった。つまり、私たち介護者は生活を拘束されることに免疫がある。むしろ、出かけられないことによるリモートワークの普及は、外出を制限されてきた介護者にとっては天恵と感じられた。これで、「動けない」という条件が平等になったのだ。

三カ月間、セルフ・ロックダウンをした末、やむなく「家」という砦から這い出してみる。

ワクチン接種が始まった。この争奪戦がまた、自分の生命の基底部を見つめさせた。誰が先にワクチンを接種できるのか？　死を見つめ、争奪の修羅の生命を見つめ、一日一日を生き延びることにエネルギーを使い、わが家を守ることに必死になるのは、仏法で学んだ〈自分の子のことだけ守る〉鬼子母神。その悪循環の中でも〈人はよくありたい〉と、もがく。精製水を分け合い、どこからか医療品が届く。通園施設でワクチンが接種できるようになる。やっと光が見えた。

何度倒れても立ち上がる

感染しても、ワクチンを接種していれば、重篤になる確率が下がることがわかってきて、緊張は少し緩んだ。コロナ三年目の二〇二二年には、ワクチンも待つことなく接種できるようになった。

だが、御書に「まず臨終のことを習って後に他事を習うべし」（妙法尼御前御返事）とある。その言葉をしんしんと身に刻む四年間だったことは事実だ。地球上の全員が、非日常を生きた。

「自分は健康だから」という傲慢は消え去り、誰かを守るために、わが身を律することも経験した。危険な感染の付きまとう医療現場で、自らの命を賭して戦ってくれる医療従事者の方々。「勇者とは彼らのことを言うのだ」と心から感謝した。

あるとき、かのこを入浴させてくれた訪問看護師さんが、その日の夕方、発熱したと連絡があった。検査の結果、コロナ陽性。入浴時、看護師さんはマスクをしていたが、かのこはしていない。密着して過ごした時間に感染する危険は大いにあり得る。私の心は一瞬で〈感謝から恐怖へ〉と変わった。

　幸い、その後もかのこに発熱はなく、ＰＣＲ検査も陰性だった。安心と同時に、実に情けなくなる。心は御し難い。偉そうなことを言いながら、いかにも小さなわが心に驚く。

　そういえば、この四年間、夫が少し咳をしただけで「かのこに近づかないでね」と、相手を苛立たせる、嫌な言葉を放ってきた。

〈どうする？　この消せない恐怖。きれいごとでなく、どうやったら戦える？〉

　課題は残った。

とにかく、今回は大丈夫だった。ここ一週間の引きこもりがちの心を開くように、光あふれるベランダの窓を開ける。海風が吹き込んでくる。

ふと、思い出す光景があった。

コロナの前、がんの闘病をしていた友人とともに先輩を訪ねたときのこと。私は、友人の後ろで正座して話を聞いていた。

「手術は大成功しましたが、再発が心配で眠れません。再発すれば助からないだろうと言われました」

「そうなのね。わかりました。けれど、何も言うことはないわ。だって、あなたは、まだ起こってもいない再発に、戦う前から負けているもの」

「恐ろしくて、泣けてくるんです」

「泣いて待っているの？　再発したら、また全力で戦えばいいだけですよ。何回だって勝てばいいのです。そして、がんでも百歳まで生きればいいじゃないですか」

「あ～っ、そうですよね。そうです、そうです。あははは」

私も、後ろで一緒に笑った。忘れかけていた。私たちは何度倒れても立ち上がる「戦い人」なのだった。恐怖は笑い声とともに逃げ出し、部屋の隅に縮こまってしまった。

〈あれだ！〉と気がついた。コロナへの感染は全力で防ぎながらも、万が一、感染したら全力で戦えばいいんだ。私も、コロナに怯えきって、戦う前から負けていたのだと思った。

それから、かのこも完全防備をして、通常の外出をするようになった。今日もインフルエンザの感染が広がる中、マスクをつけて人波の中へ出掛けていった。そして、あれ以降も感染はしていない。

エピローグ

人生は続くよ
戦いは続くよ
どこまでも。

To be continued・・・

誓願の力

懸命(けんめい)に生きていても、応援団ばかりではない。まさに人生の断崖絶壁(だんがいぜっぺき)を歩いているとき、そこから落とそうとするかのような勢いで、跳(と)び膝(ひざ)蹴(げ)りをしてくる出来事や失敗がある。油断していれば、落ちていくしかない。生命力が満タンのときは、少々のことでは落ち込まないが、生命力が枯渇(こかつ)しているときは、少しのマイナスでも抵抗できなくなる。

かつて、そういうことが重なって、怒(いか)りと悲しみでいっぱいだった頃、創価学会の会合に参加した。大きな部屋でさまざまな状況の人が、順々に質問する形式の会合だった。

順番が回って来た。私は、それまで悶々(もんもん)としていた〈他人の心ない言動〉について質問した。

「信心しているのに、こんなことを言ってもいいものでしょうか！」

私はいきり立っていた。

〈それは、あなたが正しい。心ない言動をする人のほうが間違っている〉と言ってほしかったのだ。

私の愚痴（ぐち）を、笑いを含（ふく）んだ伏（ふ）し目で聞いていた壮年の先輩は、特徴のある、かん高い声で答えてくれた。

「ところで……、あんたは、世界広布の人材になりたいか？」

「えっ？」

「世界広布の人材になりたいんか？」

私の聞いた質問の答えではない。でも、「なりたくない」と答えるのも変だと思い、渋々（しぶしぶ）答えた。

「はい……」

「そうかぁ、世界広布の人材になりたいんやな。世界広布の人材になりたいと言うとる者が、誰が何と言うたとか、どうされたとか、そんなしょうもないことに文句を言うとる場合じゃないわなぁ。はい、次の人、どうぞ」

私への回答は終わった。一言も返せないまま、帰り道でも〈あれは、質問の答えになってない〉とばかり思えた。

しかし、時間が経つと冷静になり、自分の訴えたことがただの愚痴であり、先輩はそんなことには目もくれず、私の心を広大な世界へと一気に引き上げてくれたのだと気がついた。

気がついたけれど、障がいの子を抱えて終日、六畳の部屋でウロウロしている私にとって、世界のことなんて夢のまた夢の話だった。望んだとしても到底、無理だろうと思われた。

ところが、このとき、促され
て「はい……」と答えたにすぎ
なかった誓願は後年、見事に叶
えられる。
二〇一七年に、私の経験をも
とにした映画（『キセキの葉書』）
が制作され、この作品は世界に
飛び出し、スペインのマドリー
ド国際映画祭で外国映画最優秀
主演女優賞と最優秀監督賞を受
賞したのである。

映画『キセキの葉書』はDVDとしても発売された。ポスターを指差す孫の和幸と正嗣の妻・真由美さん

また、二〇一九年には、信心を根本にした、かのこと私たちの生活を映像作品（VOD「母と子の絆～あなたがくれた勇気と希望」）にしていただいた。それはインターネットをとおして、あっという間に世界へと広がり、いまや世界中で翻訳され、多くの人たちに見ていただいている。

昨年（二〇二三年）は、メキシコの地より、「スペイン語に翻訳されて、こちらでも入会される方がたくさんいますよ」との連絡をいただいた。私たちの身体は日本にあるが、思いは世界広布へと飛び立ったのだ。

世界広布の思いを同じくする息子・正嗣は、カンザス大学の大学院で障がい児教育を学び、シカゴで今日も広布に駆けている（「Ⅱ きょうだい児の葛藤」で詳述）。

すべて、かのこありてこその誓願の成就。

「かのこさんは、今の姿のままで、立派な世界広布の人材になられますよ」と言った先輩の言葉どおりだった。

不可能という無明（むみょう）を突き抜けて誓願すること。それが信じるということなのだ。

終わりなき生命、永遠へ向かって

かのこは、四十二歳になった。申し訳（わけ）ない限りだけれど、十数年前まで〈私より先に逝（い）くだろう〉と覚悟（かくご）してきた。

そういう仲間をたくさん見てきた。そう覚悟をすることで、〈かのこを失った後、私自身が抜け殻（がら）にならずに、ちゃんと生きていかなければならない〉と自分に言い聞かせてきたように思う。

風が強いだけで呼吸ができず、笑いが止められない発作で酸素不足を起こし、唇がチアノーゼになる弱い子だった。

ところが、である。娘は「お母さん、私は生き抜くよ！」と表明するかのように、どんなに病状が深刻でも怯えることはなかった。ただ、まっすぐに前進し続けた。入院のたびに新たな医療サポートを見つけ出した。

時を重ね、外出が命懸けではなくなり、母の付き添いなしで仲間と旅行に出掛けるようになる。社会経験の不足は否めないので、旅行先でも「家族にはお土産は買わない。お土産は自分に買うの！」と意味不明な発言はあるものの、お金を払って物を買うことを理解し、「使いすぎた。お母さんに叱られる」と心配をし、「私は、これがいいの！」としっかり自己主張もするようになった。

危険要素をできるだけ少なくしようと「安全地帯は家」を信条として

きた状態から、遅ればせながら外の世界へ歩き出した娘は、最近、ヘルパーさんたちから、「やればできるお姉さん」と呼ばれている。できないと思いこんでいたのは、親だけだったのだ。毎月、一人で施設でのショートステイを過ごして、平常心で帰宅してくる。

いまさらのように、〈人生にも季節があるのだなぁ〉と思う。長い冬を抜けて、芽吹きの春。そして実りと収穫の季節。仏法で説かれる「冥益」。新しい季節の風が、わが家にも吹いてきているのを感じる。いまや娘は、親と運命共同体ではなく、自らの季節を歩み出そうとしている。

ある日、試しにこんな質問をしてみた。

「お母さんとかのこ、どっちが先に死ぬと思う？」

「お母さん！」

死の概念がわかっているのかは不明だけれど、とても楽しそうに笑いながら答える。

「それは困るね。そしたら誰に世話をしてもらうの？」

「ヘルパーさん！」

「いま、来ている人？」

「違うよ。皆、お婆さんになるから、若い人が来る！」

〈なるほど！〉の回答でした。思わず笑ってしまう。

わが家の新しい課題は、親が介護できなくなった後、あるいは亡き後、かのこが大手を振って自分の人生を生きていける環境づくりだ。退職してからの夫は、リハビリやショートステイの送迎を一手に引き受けてくれている。

いつのまにか、かのこを失う想定は影を潜めた。悩ましい課題だけれど、また、祈り、開いていこうと思う。戦う者の前に必ず、道は開ける。

負けたらあかん！

私は、一週間に一度、ラジオ局のマイクの前に座る。二十年近く、励ましと共感と、〈必ず幸せになれる〉というエールを送ってきたように思う。それは、私の細胞の一つひとつを、時間をかけて染め抜いてくれた、師匠・池田大作先生をはじめ、先輩やたくさんの仲間からもらった力そのものなのだ。

かつて、先輩に言われた「ほんまもんの人生」とは、きれいごとではなく、地面に這いつくばって生きることだった。それで、やっと「負けたらあかん！」の本当の意味を知ることができた。

雪が降りしきる日。音に過敏なかのこが発作を起こすので、バスに乗れなかった。自宅へ向かって、いくつものバス停を歩く。手をつないだ三歳の正嗣が、鼻を赤くして私を見上げた。

「お母さん、やっぱりバスに乗りたかったね。乗ったらよかったよねぇ」

すぐ横の車道では、大型トラックがゴウゴウと連なって走って行く。吹き付ける雪が一層切なくて、努力しても、努力しても、報われない日々の悲しみが雪崩のように私を押しつぶした。

〈今、五十センチだけ車道に踏み込めば、トラックが私たちを跳ね飛ばしてくれるだろう〉と思った。いとも簡単に、そう思った。

実行できないまま何十歩か歩くと、悩みも愚痴も笑い飛ばしてくれる、仲間の顔や笑い声が浮かんだ。

「負けたらあかん！」

さっきの暗い思いが、急に可笑しくなった。正嗣とつないだ手を振りながら、「雪やこんこ……」を歌って帰った。

悲しみの友に寄り添うこと。

繰り返し、繰り返し、励まし続けること。

一人で立てるまで支えること。

そうされた人は、きっと同じように次の誰かを励ます。

かつて、「〈ほんまもんの人生〉を生きられることは〈おめでとう〉なのだ」と言われた私は、この励ましの系譜に入れていただいたことを、人生のいちばんのご褒美だと、深く感謝している。

（完）

あとがきにかえて

今から半年前、私の携帯電話が鳴った。地元の神戸新聞社から「連載エッセーを書いてもらえないか」という依頼だった。

「はい、はい！　もちろんです。書かせていただきます」

私は、内容も聞かずに即答した。

母を笑わせる葉書を書く必要がなくなり、全国に発送していた大量のイラスト・エッセーも、私や夫の両親の葬儀や、コロナ騒動の中で休止していた。〈これではいけない〉と、自分を叱りながら、毎日一作の短文を書き始めたところだったのだ。

依頼をいただくということは、ケーキ屋さんが店を閉めた後、ひそかに工夫して作った試作品のケーキがお客さまの目に触れ、売れ始めるのに似て、うれしい。

さあ、エッセー七回分。何を書こう。私だから書けるもの。

結局、ごく少数の人しか経験できない、重度心身障がい者である「娘・かのこ」との生活を書くことにした。書き始めると、私たち親子の膨大な経験は、七回ではとても収まらないように思えた。

ところが、かのこの四十二歳までを七回でほぼ網羅することができたのだ。あれほど苦悩格闘したことさえも、驚くことにたった一行なのだ。人生に起こる七転八倒、悲喜こもごものドラマも、文章にすれば、ただの一行に過ぎないのかもしれない。

「成功した」「失敗した」「努力した」「悲しんだ」「喜んだ」なのだ。

連載を書き終えた頃には、ベランダのガーデンシクラメンは花も葉も枯れ、球根は静かな冬眠に入っていた。北風の下、土の中で次なる春に向けてエネルギーを貯める豊かな時間。

私も、静かに日を過ごしながら、考えた。

〈書きたかったことはすべて書いたと思っていたけれど、いちばん文字にしたかったことは、奥歯に物が挟まったように書くことができなかったなぁ〉と。

書きたかったこと――それは、日常の中にある。当たり前のことで、誰一人その善し悪しを評価できない絶対領域。残しておきたい美しい心と心の景色。

時を同じくして、本書の出版のお話をいただいた。ありがたいことに、私のわがままを聞いていただき、思うところをすべて書いてくださいとのこと。〈生まれてきてよかった〉〈生きてきてよかった〉と心から思った。

いちばん苦しいときに、誰に話したいか？

いちばんうれしいときに、誰に報告したいか？

おもしろかったことを、誰と笑い合いたいか？

静かな決意を、笑わずに聞いてくれるのは誰か？

私は、本書を手に取り、選んでくださったあなたに話す思いで書いた。人生のターニングポイントで交わされた言葉や景色は、鮮やかに記憶に残り、根っこを伸ばし、力に満ちた新芽を出す。

私の家族の小さな物語の中で息づく、励ましの達人、喝入れの達人、包み込みの達人。ときには落ち込ませ、奮起させる達人たち——。たくさんの人々すべてが主役で織りなされたこの物語が、あなたの胸で生き生きと芽を出すことを念じ、信じて、私たち家族も「負けたらあかん！」と今日も元気で前進を続けたいと思う。

二〇二四年三月　西宮の自宅にて　脇谷みどり

脇谷 みどり（わきたに・みどり）

1953年、大分県生まれ。作家。90年に絵本『とべ！パクチビクロ』（らくだ出版）を刊行。郷里の母がうつ病を発症した際、脳性まひの娘を介護しながら、日常の「くすっ」と笑える葉書を毎日送り続けた。その間、母の病気が完治するなど、5000枚の葉書を巡るドラマを2011年、『希望のスイッチは、くすっ』（鳳書院）として上梓。2017年には、続編となる『晴れときどき認知症 父と母と私の介護3000日』（鳳書院）を発刊。個人通信「風のような手紙」の発行、西宮「さくらFM」で自身のラジオ番組を担当するほか、毎日新聞・大阪版にイラスト・エッセー「KANOKO MEMO」を連載するなど、多くの人々に希望を送り続けている。

みどりとかのこ 今日も元気で！
2024年5月3日　初版第1刷発行
2024年5月5日　初版第2刷発行

著　者　脇谷みどり
発行者　松本義治
発行所　株式会社　鳳書院
東京都千代田区神田三崎町 2-8-12
郵便番号　101-0061
電話番号　03（3264）3168（代表）
ＦＡＸ　03（3234）4383
ＵＲＬ　https://www.otorisyoin.com
印刷・製本　藤原印刷株式会社

ISBN 978-4-87122-210-5

鳳書院
脇谷みどりの本

希望のスイッチは、くすっ

2011年9月発行　定価1,320円（税込）　オールカラー

うつ病の母に笑顔がもどった奇跡の葉書。重い障がいの娘を介護するなか、郷里の母がうつ病を発症。「死にたい」という母に著者は、毎日笑える葉書を送り続けた。娘から届く葉書は、やがて母の生命のなかで確かな希望となり、うつ病を克服する。くすっと笑った瞬間、心はもう前を向いています。あなたの心にエールを送る1冊。

晴れ ときどき 認知症
父と母と私の介護 3000日

2017年7月発行　定価1,320円（税込）

兵庫・西宮で脳性麻痺の娘さんの介護で奮闘中の著者のもとに、90歳の父と81歳の母が郷里・大分から移住。やがて、父が認知症を患い、障がいの娘、病弱の母と、「トリプル介護」の奮闘の日々が始まります。認知症の父のごきげんは、ときどき雨が降ったり、風が吹いたり。そんな格闘の日々の中には、たくさんの笑いがありました。支え合い、励まし合う仲間がいれば、「できないことがあって、苦しい日々」を「ちょっと笑える、楽しい日々」に変えることができます。「一人で頑張らないで、皆で支え合って進んでいきましょう」と、すべての介護者に共感と励ましを贈る介護奮闘記。